व्यंग्य के नये चेहरे

व्यंग्य के नये चेहरे

संपादन

सुरिंदर कौर

पूर्णिमा

युवान बुक्स

युवान
बुक्स

व्यंग्य के नये चेहरे

ISBN : 978-93-92088-36-0

प्रथम संस्करण : 2023
द्वितीय संस्करण : 2024

प्रकाशक : अनबाउंड स्क्रिप्ट
2/41, अंसारी रोड,
दरियागंज, दिल्ली–110002

वेबसाइट : www.unboundscript.com
ई-मेल : books@unboundscript.com
फोन : 011-35807601

Vyangya Ke Naye Chehare
Edited by: Surindar Kaur, Purnima

मुद्रक : विकास कम्प्यूटर एंड प्रिंटर्स
गाजियाबाद, उ. प्र.

मूल्य : ₹ 99/- -

भूमिका

मानवीय अभिव्यक्तियों की प्राथमिक विधा है- कविता, और आख़िरी विधा व्यंग्य है। कविता में वह अपने सौन्दर्यबोध, भावुकता, दुःख, करुणा उल्लास को व्यक्त करता है। आदि कवि वाल्मीकि ने हंस के प्रेमरत जोड़े को रेखा होगा तो उनका ह्रदय सौन्दर्य और प्रेम से भर गया होगा। फिर उन्होंने वधिक के तीर से घायल तड़पते हंस को और विलाप करती हंसनी को देखा। उनका ह्रदय पहले करुणा से द्रवित हो गया और फिर क्रोध से सख़्त। उन्होंने वधिक को शाप दिया 'जाओ, तुम्हें कभी सम्मान नहीं मिलेगा'। अगर आप यहाँ ध्यान दें तो एक प्रश्न आपके ज़ेहन में उठेगा कि जब वेद आदि रचनाएँ रामायण और वाल्मीकि से हज़ारों साल पहले की हैं तो वैदिक ऋषियों के बजाय रामायणकार वाल्मीकि को ही आदि कवि क्यों कहा जाता है? है न जायज़ प्रश्न!

वैदिक ऋषियों के सदियों बाद हुए वाल्मीकि को आदि कवि क्यों कहा जाता है! इसी प्रश्न में कविता और साहित्य की गूढ़ बात छिपी है। और वह बात यह है कि कविता और साहित्य का संबंध इसी संसार के दुःख, पीड़ा और संघर्ष से है। वह मनुष्य का मनुष्य के लिए सबसे आंतरिक उद्गार है। वह किसी और संसार; स्वर्ग या दैवीय लोक की बात नहीं करता। वह प्रेम, विछोह, दुःख और असंगतियों से भरे संसार को संबोधित होता है। वाल्मीकि आत्मज्ञानी ऋषि थे,

कवि बने इस उद्गार के बाद और महाकवि रामायण की रचना के बाद बने। उनमें शक्ति थी उन्होंने वधिक को शाप दे दिया। लेकिन वह हमारी तरह शक्ति-हीन और सामान्य मनुष्य होते तो उनकी करुणा, निष्फल क्रोध और बेचारगी किसी और अभिव्यक्ति में ढल जाती। और वह अभिव्यक्ति व्यंग्यात्मक होती।

इससे कुछ बातें साफ़ होती हैं. पहली बात तो यह कि व्यंग्य में मनुष्य, जीवन और संसार के प्रति अथाह लगाव होता है। दूसरी, व्यंग्य ताकतवर लोगों द्वारा सबकुछ छीन ली गयी जनता का अंतिम अस्त्र है। सामान्य मनुष्य शाप नहीं दे सकता, पकड़ के कुर्सी से खींच नहीं सकता, सबकुछ को बदल नहीं पाता, तो उसके होंठ व्यंग्य से खिंच जाते हैं। और सामने वाला भी उसकी मार से विवर्ण हो जाता है। इसपर उसकी कोई भी प्रतिक्रिया उसे और हास्यास्पद बना देती है. यह ताक़त है व्यंग्य की।

व्यंग्य विधा एक ज़रूर है, लेकिन व्यंग्य कभी एक सा नहीं रहता। कारण कि सामाजिक विसंगतियां और विडम्बनाएं तो बदलती ही हैं, उनसे लड़ने वाली भाषा भी बदती जाती है। इसलिए हर समय व्यंग्य नया-नया रूप लेता जाता है। अपने समाज को पहचानने के लिए, सामाजिक विडम्बनाओं से संघर्ष कर रही भाषा और उसके प्रयोग के सार्थक और प्रभावी तरीक़ों को समझने के लिए व्यंग्य के नये चेहरों को पहचानना ज़रूरी होता है।

इस संकलन में इस समय के श्रेष्ठ व्यंग्यकार बेसक नहीं हैं, लेकिन नये व्यंग्यकार हैं-यह निश्चित है। इनकी अभिव्यक्तियों में वह सिद्धि और कुशलता भले न मिले लेकिन टटकेपन का अहसास होगा. इसमें सफ़ाई भले न हो लेकिन ताज़गी है। वह ताज़गी जो एकदिन निखरकर चमक में बदल जाएगी. इसमें युवा व्यंग्यकारों में

ख्यातनाम 'प्रिय' शामिल हैं। उनकी भाषा बेहद निर्भार, अनायास और ताज़गी भरी है। स्त्री व्यंग्यकारों की संख्या हिंदी में कम है। लेकिन अस्मिता मौर्य का व्यंग्य इस दिशा में एक सम्भावना की तरह है। शिवम् चौकसे, प्रयत्न कुमार सिंह, दीपेश और योगेश के विषयों पर गौर करने पर लगता है कि व्यंग्य विधा नई दिशाओं में बढ़ने को आकुल है। शीतल, चिराग और पूर्णिमा नई प्रविधियों की खोज कर रहे हैं। धुंधलके के पीछे से आती मद्धम लेकिन सक्षम आवाज़ों को ध्यान से सुनें। अस्तु!

अनुक्रम

1

बगुला भगत

शिवम् चौकसे

श्री गणेशाय नमः !

जी। पहले गणेश जी का नाम लिखने का मेरा उद्देश्य वही है जो आप समझ रहे हैं! आख़िर रिद्धि-सिद्धि किसे नहीं चाहिए, बताइए भला! हमारे पड़ोस में एक सज्जन हैं, मैंने पहले कभी उनमें ऐसी भक्ति नहीं देखी! परंतु पिछले कुछ दिनों से रात-दिन श्रीगणेश! श्रीगणेश! करते रहते हैं। इतना तो उन्होंने अपने देनदारों का भी नाम नहीं लिया होगा, जो पिछले दिनों उनके पैसे खा गए।

वैसे यह परिवर्तन सामान्यतः घरों में गणपति के आने के साथ लोगों में आ ही जाता है और उनके साथ ही चला भी जाता है। लेकिन इन दिनों यह कुछ आश्चर्यजनक है! यूँ तो भक्तों को कभी नहीं लगता कि वह किसी से छोटा भक्त है या उसकी भगवद्भक्ति में कोई खोट है, लेकिन बगुला भक्तों जैसा आत्मविश्वास कम ही लोगों में होता है। अगर चार ऐसे भक्त इकट्ठे हो जाएँ तो एक-दूसरे से बड़ा और भला भक्त साबित करने में एक-दूसरे का सिर फोड़ दें।

दो चार लड्डुओं के बदले में ये गणपति से सब कुछ माँग लेना चाहते हैं। मानो रिश्वत दे रहे हों। यह भक्ती किसी व्यापार से कम नहीं है।

गणपति को चौथाई देकर पूरा का पूरा लड्डू ख़ुद ही खा लेना चाहते हैं! विघ्नहर्ता गणेश अगर भ्रष्टाचारनिरोधक अधिकारी होते तो पहले इन भ्रष्टाचारियों से निबटते!

इसपर भी, कौन कह सकता है कि ये भक्त औढरदानी शिव के सुपुत्र गणेश को एक धोती, सवारी के लिए नया चूहा देकर और गणपति चालीसा लिखकर प्रसन्न नहीं कर लेंगे?

आखिर में ऐसे भक्त दिनों दिन बढ़ते और चढ़ते ही दिखाई पड़ते हैं!

और अंत में, यदि यह व्यंग्य आपको अच्छा न लगा हो, तो समझ लीजिये आप बगुला भगत हैं!

लाश चोर

2

पूर्णिमा वत्स

चार लाशें थीं उसके कंधों पर! एक आदमी और चार लाशें– कौन नहीं डर जाएगा?

हर रात एक–एक लाश को घसीटता हुआ वह सड़क पार करता। कुछ दिन पहले सिर्फ़ एक लड़के उसे ऐसा करते देखा था। उस दिन से कोई रात होने के बाद गली में बाहर नहीं निकलता। यह तो सबको पता है कि पुलिस वाले सबसे ज़्यादा डरते हैं।

यह इलाका बहुत पढ़े-लिखे लोगों का नहीं था। इसे गरीब और अपढ़कहना भी ठीक नहीं होगा। शहर भर में यह बात आग की तरह फैल गयी कि रात में बाहर निकलना मना है। इसके लिए लोगों ने नाईट

कर्फ्यू की माँग की, लेकिन सरकार ने इसे मना कर दिया था। सरकारें ख़ुद लोगों के पागलपन में शामिल नहीं होतीं, वे सिर्फ़ लोगों के पागलपन का फ़ायदा उठती हैं।

नेताओं ने इस मामले को भुनाना शुरू कर दिया था। वे घर–घर जाकर बता रहे थे कि अगर उनकी सरकार आई तो वे सबसे पहले इस मामले का समाधान निकालेंगे। हालाँकि उन्हें मामले की जटिलता के बारे में पता कुछ भी नहीं था। आठ बजते-बजते कुत्ते तक घरों का आसरा खोज लेते थे। सिर्फ़ शहर की बत्तियाँ जलती थीं, क्योंकि वह और कर ही क्या सकती थीं। इस मामले में बत्तियाँ अफसरों की तरह मुस्तैद थीं; जब जी आए जल जाती थीं और जब मन हुआ बुझ जाती थीं। बत्तियों के मनमाने व्यवहार ने सब कुछ को और भी रहस्य बना दिया था।

शहर में यह बात फैला गई कि रात में भूत जब लाशों को घसीटने के लिए आते हैं तो बत्तियाँ अपने आप बन्द हो जाती हैं। अमरिंदर ने एक दिन बाहर निकलने की सोची थी, ठीक उस रात के बाद वह कभी अपने कमरे से बाहर नहीं निकला।

लोग कहते हैं कि उस रात जैसे ही वह घर का गेट खोलकर कमरे से बाहर निकला तो बत्तियाँ बुझ गयीं। न सिर्फ़ बत्तियाँ बुझ गयीं बल्कि घर की लाइट भी चली गयी। इस बीच जो एक चीज़ बची थी, वह थी लाश ले जाते भूत की टॉर्च। और जब से अमरिंदर ने गली में लाश घसीटने वाले भूत को देखा है तब से उसकी अपनी भी बत्ती गुल हो गई है। सारे शहर में यह बात फैल गयी कि अमरिंदर ने रात में भूत देखा था। इसके बाद से ही शहर के कब्रिस्तानों, श्मशानों के बाहर भूतों का आतंक सर पसार रहा है।

शहर के एमएलए ने किसी बाबा को बुलाकर जानना चाहा तो उसने अलग से घोषणा कर दी कि सारी लाशें नाराज़ हैं और उन्होंने कुछ जिंदा

इंसानों को चुना है जो उनके निर्देश पर उन्हें एक–एक घर में ले जाकर रखें। एम.एल.ए. साहब ने अपनी सुरक्षा और बढ़ा ली ताकि उनके घर में कोई लाश न आने पाए। साथ ही बाबा को कुछ अधिक पैसे देकर झाड़ फूंक भी करवा ली। ख़ासतौर से डर अपने ही पिता से थी, जिनके जाने के बाद उन्हें यह गद्दी मिली थी। इस बीच बाबा ने अपना डेरा भी एमएलए साहब के घर ही डाल लिया ताकि उसकी जान भी बची रहे।

जान तो सबकी बची ही रहनी थी। दरअसल चोरी तो शहर में लाशों की हो रही थी। इसमें ज़िन्दा लोग क्यों डरें? लेकिन कोई भी इंसान अपने को लाशों से कम नहीं समझता था। मनुष्यता को नापने के बाद सभी इसी नतीज़े पर पहुँचे थे कि उनमें और चलती फ़िरती लाश में कोई ख़ास अंतर नहीं है। और अगर कुछ अंतर था भी तो इस अंतर का अंतर किसी को परेशान नहीं करता था। इससे न तो उनकी मानवता जागती थी न ही उनके भीतर की आत्मा। सभी को सिर्फ़ इन सबमें अपनी देह बचाने की लालसा थी। उधर शहर की पुलिस अपनी जान बचाने के लिए इसलिए धरने पर बैठ गई थी कि उनका भी परिवार है।

इस सबके बीच लाश चोरों का काम और आसान हो चला था। कुछ डॉक्टरों से उनकी मिली भगत भी। वो डॉक्टरों को लाश सप्लाई करते और डॉक्टर लाशों से अपनी ज़रूरत का सामान निकाल लेते। बाक़ी जो बच जाता वह चील कुत्तों का चारा हो जाता। इन सब में सबसे ज्यादा फ़ायदा कुत्तों, चीलों का हुआ था और चोरों का भी।

यह गिरोह बहुत बड़ा नहीं था। एक ही परिवार के सिर्फ़ सात लोग इसमें शामिल थे। जो किसी हादसे में अपने घर का एक सदस्य गंवा चुके थे और उन्होंने मदद की गुहार में पुलिस से लेकर एम.एल.ए. तक का दरवाज़ा झाँक चुके थे। किसी रोज़ मरघट से जाते हुए घर के सबसे छोटे लड़के के अंदर यह आइडिया आया था, बस तभी से उनकी दुकान चल निकली थी।

आदमी किसी को खोकर दो चीज़ें जान लेता है। एक तो यह, कि खोने से बड़ा और आगे कुछ नहीं है और दूसरा यह, कि हमारे आस-पास लगभग हर आदमी किसी लाश की तरह ही जीता है। असल में जीता कोई भी नहीं, बस जैसी चलती है, वैसे चलते हैं। सब ज़िन्दगी जीते नहीं, काटते या गुज़ारते हैं। ये बात वो समझ गए थे।

लाशें भी अब अपने चुराए जाने का बुरा नहीं मानती थीं। उन्होंने खुद को समझा लिया था कि वे उत्तर-आधुनिक युग में जी रही हैं, जहाँ सब कुछ को फिर से रिसाइकिल बिन में से निकालकर इस्तेमाल किया जा सकता है। इस तरह शहर भले ही डरकर रह रहा था लेकिन सब समय पर सोने लगे थे। शहर में जिस समय रात होती, उस समय रात ही होती थी और जिस समय दिन होता उस समय दिन ही होता था।

कुछ पुजारियों का मानना था कि लाश चोरी करने वाले दरअसल ईश्वर के दूत हैं और उन्होंने धरती के लोगों को लाइन पर लाने के लिए ही यह काम शुरू किया है : वह क्या है न, घोर कलियुग में एक अवतार ज़रूर जन्म लेता है। हम उसे ज़रूरी नहीं कि पहचान ही लें। उसकी लीला ही अज़ब है। जिसे हम समझ लें यह ज़रूरी नहीं। वह कोई भी, किसी भी रूप में हो सकता है। हमारी कहानी में तो वह एक अदना लाश चोर है, जिस पर अभी तक चोरी की कोई धारा फिट नहीं बैठती।

फ़्रीलांस क़ैदी

3

दीपेश कुमार

कोविड महामारी से सीख लेते हुए फ़्रीलांसरों की परिधि को विस्तार करने का समय आ गया है। इस महाडिजिटल युग में सब काम घर बैठे होने लगा है जिससे 'फ़्रीलांस क्षेत्र' भी काफी प्रभावित हुआ है। फ़्रीलांस लेखक, पत्रकार, फोटोग्राफर, संपादक, प्रूफ़रीडर, अनुवादक आदि के साथ अब फ़्रीलांस स्टूडेंट, फ़्रीलांस टीचर भी जुड़ गए हैं। फिर भी क्या कभी आपने सुना है कि फलाँ व्यक्ति दिल्ली पुलिस में फ़्रीलांस इंस्पेक्टर है, गोवा सरकार में फलाँ व्यक्ति फ़्रीलांस शिक्षा मंत्री है, दिल्ली के तीस हजारी कोर्ट में कुल चौदह फ़्रीलांस जज हैं? आपने नहीं सुना होगा और

यदि किसी सिरफिरे के मुँह से सुन भी लिया होगा तो आपने देखा तो बिल्कुल ही नहीं होगा।

हम एक स्वतंत्र देश के स्वतंत्र नागरिक हैं और हमें स्वतंत्र रहने का पूरा-पूरा अधिकार है, जो हमारे संविधान से मिल ही चुका है। फिर क्यों हम किसी दफ़्तर में बैठकर बॉस की गुलामी करें? इसी सोच से 'फ्रीलांस' का जन्म हुआ होगा। बॉस ने झुंझलाकर कहा होगा– "जब तुम्हें संविधान ने आज़ादी दे ही दी है, तो हम कौन होते हैं तुम्हें गुलाम बनाने वाले? ये फाइल ले जाओ और पाँच दिन, आठ दिन, जब भी काम हो जाए तो मुझे फाइल वापस कर देना, अब खुश!" बॉस ने समझदारी से काम लिया। उन्हें तो काम से काम है, जहाँ से भी पूरा करके दो।

विकास की गति यूँ ही धीमी रहेगी। देश की प्रगति हेतु जल्द-से-जल्द संविधान संशोधन करके 'फ्रीलांस' संबंधी एक क़ानून बना देना चाहिए। इसके अभाव में आम से लेकर ख़ास नागरिकों तक को आए दिन मुश्किलों का सामना करना पड़ता है। इस कानून के बन जाने से सबसे अधिक राहत देश के विभिन्न जेलों में सज़ा भुगत रहे कैदियों को मिलेगी। वे सभी फ्रीलांसर्स कैदी बनकर घर बैठे अपनी सज़ा भुगत सकते हैं। इतने विशाल कारागृहों में कैदियों को सालों-साल बंद करके, उन्हें खाना-पीना देकर आख़िर सरकार को क्या मिलता है? अजी मिलता क्या है, उलटा नुकसान ही तो होता है। यदि सरकार कैदियों को फ्रीलांसर कैदी बनाकर उन्हें घर बैठे सज़ा काटने की आज़ादी देगी तो उन पर ख़र्च होने वाले करोड़ों-अरबों रुपये की बचत तो होगी ही, साथ ही फ्रीलांसर पुलिस, वकील, जज आदि लोगों को भी इससे रोज़गार मिल जाएगा।

सज़ा मिलते ही हर कैदी चाहता है कि उसे जमानत मिल जाए। 'गांधी जी की मदद से' कुछ को मिल भी जाती है, लेकिन बहुतों को नहीं मिल पाती! हर अपराधी को लगता है कि वह बेकसूर है, उसे फँसाया गया है, किंतु सरकार और अन्य पक्षों को लगता है कि अपराधी को सज़ा मिलनी ही चाहिए। इस स्थिति में दोनों में से एक पक्ष को मायूस

होना पड़ता है। यह मायूसी अधिकतर अपराधी अर्थात् जनता के ही हाथ आती है। जबकि सरकार को चाहिए कि जनता को खुश रखे। अतः न्याय-व्यवस्था के क्षेत्र में 'फ्रीलांसर' संबंधी कानून बन जाने से हमारी कानून-व्यवस्था तो पारदर्शी होगी ही साथ में दुनिया के लिए एक मिसाल भी कायम हो जाएगी। संसार में आज तक जितनी क्रांतियाँ हुई हैं उन सभी क्रांतियों से अधिक क्रांतिकारी यह कानून होगा। वर्तमान में जिस तरह से कुख्यात-खास-आरोपियों को बचाना सत्ता पक्ष के लिए भी आसान नहीं है, इस कानून के आते ही बड़े-से-बड़े सेलिब्रेटी अपना जुर्म मुस्कुराते हुए कबूल कर लेंगे और सज़ा भुगतने को राजी हो जाएँगे।

आए दिन देखने को मिलता है कि किसी फिल्म अभिनेता को सज़ा होने के फ़ौरन बाद वह तिकड़म लगाकर तुरंत बाहर आ जाता है। सज़ा चार साल की हो या दस साल की, अमूमन वे कुछ ही दिन में छूट जाते हैं। इससे संविधान का अपमान होता है। एक ठेले वाले को मामूली कपार-फोड़ी के लिए साल-दो साल की सज़ा हो जाती है, उसमें भी बेचारे को 'फ्रीलांस' की सुविधा नहीं मिल पाती है। वहीं दूसरी ओर अमीर आदमी दो-चार मर्डर भी कर-करा दे तो उसे सज़ा मिलने में सालों लग जाते हैं, तिस पर भी उन्हें 'फ्रीलांस' की सुविधा नहीं मिल पाती है। ऐसा इसलिए हो पाता है कि इस संबंध में किसी ठोस कानून का अभाव है। यह कहना अतिशयोक्ति नहीं होगी कि फ्रीलांसर कानून का न होना, दुनिया के सबसे बड़े लोकतंत्र के संविधान को बौना बना देता है।

फ्रीलांस के इस कानून का फैलाव न केवल राष्ट्रीय स्तर तक बल्कि अंतरराष्ट्रीय स्तर तक किया जाना चाहिए। भारत को इस मुहिम का अगुआ होना चाहिए। प्रधानमंत्री को चाहिए कि वो जितनी जल्दी हो सके, संयुक्त राष्ट्र में जाकर इस मुद्दे को मज़बूती से उठाएँ। अंतरराष्ट्रीय स्तर पर 'फ्रीलांसर कैदी' की अवधारणा को स्वीकार करने से 'इंटरपोल' की भूमिका भी सीमित हो जाएगी, या हो सकता है कि समाप्त ही हो जाए। यह बात कितनी हास्यास्पद है कि एक अपराधी अपराध करके

किसी दूसरे-तीसरे देश भाग गया है और उसे कई देशों की पुलिस मिलकर खोज रही है। ज़रा सोचकर देखिए, इस कानून के आ जाने से विदेश भागकर सज़ा से बचने वाले अपराधियों पर आसानी से शिकंजा कसा जा सकेगा। अपराधियों को लगने लगेगा कि जब विदेश जाकर भी सज़ा से नहीं बच सकते तो विदेश भागें ही क्यों? जो लोग पहले ही विदेश चले गए हैं, उन्हें भी इस कानून के अंतर्गत आसानी से सज़ा दी जा सकती है। जब फ्रीलांसर कानून के तहत दोषसिद्ध अपराधियों को दुनिया के किसी भी कोने से सज़ा काटने पर मजबूर कर दिया जाएगा वो स्वतः ही स्वदेश लौट आएँगे, और खुशी-खुशी अपनी सज़ा भुगतने को राजी हो जाएँगे।

'फ्रीलांसर कानून' बनाने के लिए वर्तमान में देश की विभिन्न जेलों में सज़ा भुगत रहे कुख्यात अपराधियों की एक समिति बनायी जानी चाहिए। वे कैदी असल में जेल में रहकर सज़ा भुगतने की पीड़ा से अच्छी तरह वाकिफ हैं, जिस प्रक्रिया में कभी-कभार मानवाधिकार का उल्लंघन भी हो जाता है। इससे पहले कि मानवाधिकारों का और अधिक उल्लंघन हो, गरीब कैदी 'फ्रीलांस' की सुविधा से वंचित होता रहें, 'फ्रीलांसर कैदी' संबंधी कानून की रूपरेखा तैयार कर लेनी चाहिए।

4
राजा जी की खोज

अर्चिता सावर्ण्य

डॉक्टर साहब पटना के बहुत नामी डॉक्टर थे और उतना ही नामी था उनका लड़का– राजा। राजा जी के नाम से मशहूर, मात्र दस बरस का, लेकिन छोटी-सी उम्र में ही अपने व्यक्तित्व को अपने नाम के अनुकूल ढाल लिया था। ठाठ उसकी किसी राजा से कम न थी। जब देखो तब

दो-चार आस-पड़ोस के बाल-बुतरू भी उसकी सेना बनकर पीछे-पीछे हो लिया करते थे। उसका पसंदीदा काम था डॉक्टर साहब की जेब की नक़ल करते हुए अपनी शर्ट की पॉकेट में दस रुपये की एक नोट रखकर, शान से मोहल्ले की गलियों का दौरा करना। लगभग हर शाम राजा जी की टोली निकलती थी। मोहल्ले वाले भी उसके लड़कपने पर मुग्ध होकर उसकी जय-जयकार कर दिया करते थे।

कोई सलाम ठोकता तो कोई सर झुका देता। पड़ोस के असलम मियां तो राजा जी को देखते ही ऐलान करते "अजीमो शाह शहंशाह राजा जी पधार रहे हैं!" इतना कहने भर से ही हर एक चेहरा खिलखिला उठता। बस एक राजा जी, अपनी गर्दन शान में ऊँची रखते हुए किसी तरह अपनी हँसी सँभालते आगे बढ़ता जाता। किसी दिन जब उसकी सेना को उनके माँ-बाप बंदी बनाकर, घरों की काल कोठरी में पढ़ाई की सज़ा दे देते थे, तो भी राजा जी, अपनी रक्षा की परवाह किए बिना अकेले ही सैर पर निकल जाते ।

इसी तरह एक दिन जब राजा जी सड़क को रेड कारपेट समझकर अकेले ही सैर पर निकले तो उसे सामने से गाँव के मणि चाचा तेज़ी से आते दिखे। एक पैर से लंगड़ाने के बावजूद चाचा जिस तेज़ी से आ रहे थे, ऐसा लग रहा था मानो उनके पैरों में स्प्रिंग लगी हुई हो और वो एक पैर पर ही उछल-उछल चल रहे हों। उनके साथ-साथ उनके हाथ में मिठाई की थैली भी हवा में गोते खा रही थी। राजा जी के पास तुरंत ही पहुँचकर उन्होंने मिठाई का डब्बा उन्हें पकड़ाया, आशीर्वाद दिया और कहा की उसके नाना ने उसे याद किया है। अभी उनकी तबियत कुछ खास नहीं इसलिए चाचा के हाथों राजा जी की पसंदीदा मिठाइयाँ भिजवाई हैं। चाचा ने बताया कि 'थोड़ी जल्दी में हैं इसलिए तुरंत ही जाना होगा। पर अगली बार घर पर ज़रूर आऊँगा।' यह कहकर मणि चाचा उछलते हुए वापस चले गए। मिठाइयाँ देखकर राजा जी अपनी शान-ओ-शौकत भूलकर दौड़ते हुए अम्मा के पास पहुँचा।

लेकिन इससे पहले की कुछ बोल पाता, अम्मा ने डांटते हुए चुपचाप जाकर खेलने को कह दिया। उस दोपहर, क्लिनिक पर कुछ ज़्यादा भीड़ थी तो अम्मा उसी में व्यस्त थीं। मसले की बात यह थी कि राजा जी को सँभालने वाला कोई न था, न माँ-बाप, न ही सेना-सपाही।

शाम को जब भीड़ कम हुई तब अम्मा को राजा जी का ध्यान आया। मगर राजा जी न घर में थे न गली में!

पूरा मोहल्ला ढूँढ लिया गया, लोगों से पूछ लिया, लेकिन जब रात तक भी राजा जी न मिले तो फटाफट पुलिस में रिपोर्ट लिखवाई गई। जब पुलिस भी उसे न ढूँढ सकी तो नामी डॉक्टर के छोटे से लड़के के साथ हो सकने वाली सबसे आम बात की सम्भावना निकाली गई। तुरंत ही न जाने कहाँ से यह संभावना निकाली गई की ज़रूर मोहल्ले के मुसलमानो में से किसी ने अगवा किया होगा। डॉक्टर साहब ने झट से मना किया और कहा की उनके पडोसी ऐसे नहीं है। उनके सम्बन्ध बहुत अच्छे हैं और खासकर राजा जी तो सबका लाड़ला है। लेकिन जिस तरह पुलिस अपने निष्कर्ष पर टिकी रही, संदेह होता था कि कहीं वो पुलिस की यूनिफ़ॉर्म में कोई राजनेता तो नहीं। खैर, जिसकी लाठी उसकी भैंस के कथन का अनुसरण करते हुए कुछ पड़ोसियों को बुलाया गया और पूछताछ की गई। सबने कहा कि आधी रात को भी डॉक्टर साहब बिना किसी की धर्म-जाति के बारे में जाने भी इलाज़ करने चले आते हैं, उनकी औलाद के साथ ऐसी हरकत करने की तो वे सोच भी नहीं सकते। फिर राजा तो पूरे मोहल्ले की जान है। भला वो अपने ही मोहल्ले के बच्चे के साथ ऐसा क्यों करेंगे। डॉक्टर साहब गुस्सा भी थे और शर्मिंदा भी कि उनके बेटे को ढूंढने की बजाए, बात धर्म विवाद पर आ पहुँची है। जबकि आज तक न तो उन्होंने, न उनके पड़ोसियों ने अपने बीच ऐसी बातें आने दी थी। आम लोगों के जीवन में ऐसी बातों के लिए समय ही कहाँ होता है? लेकिन जब किसी निजी घटना पर बाहरी लोगों को अपने विचारों का ठप्पा लगाने का मौका मिलता है तो

वो अपनी धारणा को ही समस्या की जड़ बनता देखना चाहते हैं। उन्हें हल ढूंढने से कोई मतलब नहीं होता। इसी के साथ ही यह बात पूरे शहर में फैल गई की किसी मुस्लमानों ने किसी हिन्दू के बेटे को अगवा कर लिया है। अफवाओं ने भी अपना काम बखूबी निभाया और लोगों को अपने चंगुल में दबोच लिया। पुलिस ने सभी घरों की तलाशी ली, कुछ घरों की दो-तीन बार ऐसे ली जैसे उन्हें यकीन हो कि राजा उन्हीं के यहाँ किसी पतीले में मिलेगा, मगर कुछ हाथ न आया। सभी नाले-कुएँ भी छान डाले, मगर राजा न मिला। रात इसी खोज-बीन में गुज़री।

सुबह हुई तो डॉक्टर साहब के घर के आगे कुछ बिन बुलाए शुभचिंतक पहुँच चुके थे। वे ज़ोर-ज़ोर से नारे लगा रहे थे।

डॉक्टर-डॉक्टराइन को थोड़ी सुध आई तो ध्यान से सुनने पर पता चला वे सभी मुसलमानों को दोषी ठहराकर घर खाली करवाने की बात कर रहे थे। पुलिस उन्हें सँभालने में लगी हुई थी।

इस समय तक मीडिया वाले भी पहुँच चुके थे, सभी ने अपनी-अपनी हेडलाइन भी चुन ली थी।

किसी की हेडलाइन थी "डॉक्टर के दिल का टुकड़ा गायब" तो किसी की "राजा को लगी प्रजा की नज़र। सभी को लग रहा था जैसे किसी को याद ही न हो कि राजा जी को ढूँढना अभी भी बाकी है। इतने में भीड़ में से किसी को किसी की बात बुरी लग गई और किसी ने किसी को धक्का दे दिया। नतीजा यह हुआ की चेन रिएक्शन में कई लोग लाइन से गिर पड़े। धक्का देने वाले और खाने वाले ने एक दूसरे को अपने से अलग धर्म का आदमी बताया और कुछ ही समय में मामला लापता बच्चे की खोज से हटकर इस पर आ गया की किन लोगों को पाकिस्तान चले जाना चाहिए। देखते ही देखते ऐसी हाथापाई शुरू हो गई कि पैरामिलिटरी फ़ोर्स बुलानी पड़ी। हेडलाइन बदली गई "पहुँची मिलिट्री; क्या राजा बन जाएगा हिस्ट्री।"

इसी अफरा-तफरी में डॉक्टर साहब ने अचानक मणि चाचा को आते देखा। चाचा, पुलिस और इतनी भीड़ को देखकर सकपका गए और बिजली की रफ़्तार के साथ डॉक्टर साहब के पास पहुँच कर पूछा "क्या हो गया डॉक्टर बाबू, सब खैरियत तो है?" डॉक्टर साहब जब कुछ बोल न पाए तो किसी हमदर्द ने बताया कि उन्होंने अपने बेटे को खो दिया है, सदमे में हैं बेचारे! मणि चाचा के चेहरे पर सवालों की झाड़ियाँ लग गयीं। मगर सवाल पूछने के पहले ही उन्होंने एक जवाब देना बेहतर समझा। सकुचाते हुए तुरंत ही चाचा ने बताया कि राजा के नाना ने उसे याद किया है यह बात सुनकर, राजा बस पकड़कर, गाँव चला गया था। उसके पास दस रुपये थे तो बस का किराया भी दे दिया। गाँव का एकमात्र लैंडलाइन ख़राब था तो राजा के बाबत आपको बता भी नहीं पाया! मगर यह सोचकर कि सब लोग परेशान हो रहे होंगे, नानाजी ने सुबह-सुबह ही राजा को घर पहुँचा आने को कहा। इतना कहकर मणि चाचा ने सामने सड़क पर उस ओर इशारा किया, जिधर से राजा जी हाथ में काजू कतली लिए, एक-एक कौर का मज़ा लेते अपने लिए सजे दरबार में चला आ रहा था।

5
ऑनलाइन हिंदी कवि सम्मेलन

प्रयत्न कुमार सिंह

भारत अपने आप को इतनी तीव्रता से बदल रहा है कि आने वाले कुछ बीस-तीस सालों में यह सिर्फ़ India ही रह जायेगा और यहाँ के लोग सिर्फ़ Indian....

सन् २०५०, हिंदी दिवस मनाने का प्रयास,
भूतपूर्व प्रथा को जीवित रखते हुए,
कोरोना ५.० से लड़ते हुए,

हिंदी दिवस पर एक कवि सम्मेलन का आयोजन किया गया। अपने घरों से निकलने में सभी असमर्थ हैं इसलिए यह कार्यक्रम *online* रखा गया। इस कवि सम्मेलन का निमंत्रण देश के उन प्रभावी कवियों को दिया गया जो *smartphone* चलाने में एक्सपर्ट हों और डिजिटल वर्ल्ड को पूर्णत अपना चुके हों। जिनकी कविताओं की किताब कागज़ों की जगह *e-book* में परिवर्तित हो चुकी हो और जिनकी लोकप्रियता *social media* पर उनकी कविताओं की *trend* से लगायी जा रही हो। कवियों को इस सम्मलेन में भाग लेने के लिए दस दिन पहले ही ऑनलाइन रजिस्ट्रेशन करने को कहा गया, जिसके अंतर्गत उन्हें कुछ प्रश्नों के उत्तर देने थे, जैसे कि- उनकी उम्र?

उनका इंस्टाग्राम और फेसबुक का आईडी और उन पर फोलोवर्स की संख्या?

उनकी पोस्ट की गयी कविताओं पर लाइक्स और कमेंट्स का औसत आंकलन? इत्यादि...

"कवियों को डिजिटल कवि सम्मेलन में शामिल होने का शुल्क डिजिटली उनके बैंक के एकाउंट में भेज दिया जाएगा", ऑनलाइन सन्देश में यह भी लिखा गया ।

आखिर ज़ल्दी ही वह दिन आ गया जब इस बड़े डिजिटल हिंदी कवि सम्मेलन की शुरुआत हुई|

सी. के. नारायण, एम. जी. शुक्ल, ए. पी. मिश्रा जैसे प्रख्यात और विख्यात कवियों से मंच सजा हुआ था और भी पूरे देश के कोने-कोने से छोटे-बड़े कवियों का इसमें आना हुआ। सब लॉगइन कर अपनी उपस्थिति सम्मेलन में बारी-बारी से दर्ज़ करा रहे थे। पासवर्ड और ओ.टी.पी. डालकर मंच पर आते जा रहे थे।

सब अपने-अपने घर पर बैठे, एक-दूसरे को दूर से हाय और हेल्लो, नमस्कार बोलकर एक-दुसरे का अभिवादन रहे थे।

कुछ समय पश्चात, इस कवि सम्मलेन के संचालक एन.ओ.सिन्हा अपनी उपस्थिति दर्ज़ करवाते हुए सभी कवियों को सादर प्रणाम करते और सबका एक ही सुर में धन्यवाद करते हुए कहते हुए बोले...

"Thank you all of you for joining here, today is National 'Hindi' day and we are all here to celebrate this amazing day, and before we start our online Kavi Sammelan. I want to tell you guys few rules and the regulations for this program before we start."

आप लोगों के पास एक *like button* है और एक *dislike button* है, आप सभी इसका इस्तेमाल कर सकते हैं। अगर आपको किसी कवि की कविता पसंद आये या न आये तो इसके प्रयोग कर सकते हैं।

कविता के अंत में *total likes* और *dislikes* का मूल्यांकन किया जाएगा और जिसके आधार पर उन्हें *points* दिए जाएँगे। आप कविता के बीच में अपनी प्रतिक्रिया देने के लिए इमोजिस का इस्तेमाल भी कर सकते हैं।

कविता सुनाते समय यदि किसी कवि की आवाज़ बाकी कवियों को सुनाई नहीं देगी तो उसके पॉइंट काट लिए जाएँगे, इसलिए कवियों की सहूलियत के लिए उन्हें पहले से ही यह चेतावनी दी जा रही है कि ऐसी जगह बैठें जहाँ नेटवर्क ठीक से काम करता हो।

और अगर कोई कवि अपनी निर्धारित समय-सीमा से आगे जाता है तो उसको *disqualify* भी किया जा सकता है।

अपनी बात को समाप्त करते हुए संचालक ने कहा, "तो आइये इस कार्यक्रम की शुरुआत करते हैं और सभी मिलकर हमारे डिजिटल हिंदी कवि सम्मलेन के पहले कवि श्री ए. पी. मिश्रा जी का ज़ोरदार डिजिटल तालियों के साथ उनका स्वागत करते हैं।"

ए. पी. मिश्र जी वैसे तो दिल के बहुत ही अच्छे और साफ़ इंसान हैं, लेकिन अपनी असल उम्र बताने में थोडा हिचकिचाते हैं २०२० में ये ३० वर्ष के थे और २०५० में ५० ही बताते हैं।

मिश्र जी कविता सुनाने के लिए तैयार हुए और बाकी कवियों ने भी *like* और *dislike* करके अपनी प्रतिक्रिया देने की तैयारी कर ली।

बहरहाल कविता की शुरुआत हुई और मिश्र जी ने एक से बढ़कर एक कविताएँ सुनाईं। कुछ कविताएँ नई भी थीं जो उनकी *e-book* में नहीं छपी थीं और उन कविताओं ने ज्यादा लाइक बटोरे और अंत तक मिश्र जी ने ख़ूब वाहवाही लूटी। इसी तरह सभी कवियों की बारी आती गयी वो कविता सुनाते गए और अपने हिस्से का *like* और *dislike* लेते गए, सभी कवि एक-दूसरे से प्रशंसा हासिल करके बहुत प्रसन्न थे, इतना दिलचस्प डिजिटल हिंदी कवि सम्मेलन उन्होंने अपने जीवन में कभी नहीं किया था और ये उनके लिए एक अलग और अनोखा

अनुभव था। जिसमें सभी कवियों ने एक-दूसरे की कविताओं को बड़े आनंद से सुना और तारीफें बाँटीं।

संचालक भी प्रसन्न थे, जिनके कन्धों पर ज़िम्मेदारी थी कि डिजिटल कवि सम्मेलन का सफल आयोजन हो। अब कवि सम्मलेन का समापन नज़दीक था और केवल एक कवि, जो कि इस सम्मेलन में सबसे नवउम्र कवि थे, उन्हें संचालक द्वारा कविता सुनाने के लिए आमंत्रित किया गया।

वो थोड़े शांत और गंभीर दिखाई पड़ रहे थे, सम्मेलन के आरम्भ से ही बड़े ध्यान से बाकी कवियों को सुन रहे थे और अब शायद किसी गहरी सोच में थे। उन्होंने संचालक द्वारा दो बार आवाज़ देने पर भी कोई प्रतिक्रिया नहीं दी, तब तीसरी बार संचालक ने उनके नाम को थोडा जोर से पुकारा... पी. के. सिंह जी? तब अचानक अपना नाम सुनकर कवि विचारों की नगरी छोड़ यथार्थ के कवि सम्मलेन में आने को विवश हो गए और वर्तमान में आते ही उन्होंने हालात को समझा और कहा, "सॉरी, मैं इस कवि सम्मेलन का हिस्सा हूँ और यहाँ देश भर के बड़े कवियों को आमंत्रित किया गया है। मैं बस इसी सोच में पड़ा था कि यहाँ जो हो रहा है, वो किसी की कल्पना का यथार्थ रूपांतरण तो नहीं है?... क्योंकि हूबहू वही सारी बातें आज दोहरायी जा रही हैं। बिल्कुल उन्हीं तरीकों से जिसका वर्षों पहले मेरे पिताजी और इस शहर के नामचीन कवि श्री आर. के. सिंह. जी ने अपनी एक कविता में भविष्य में होने वाले कवि सम्मेलन का उल्लेख किया है। वही लोग, वही नाम, वही कविता कहने और सुनने के तरीके, वही डिजिटल कवि सम्मलेन, बोल-चाल वही नफ़ासती अंग्रेजी प्रयोग, सबकुछ वैसा ही जैसा उन्होंने वर्षों पहले अपनी कविता में कहा था।

यह सब कहते हुए कवि ने अपने पिता की उस कविता को दोहराया जिसे सुनकर सारे कवि स्तब्ध थे। कविता कुछ इस तरह शुरू होती थी...

"सन २०५०, हिंदी दिवस मनाने का प्रयास,
भूतपूर्व प्रथा को जीवित रखते हुए,
कोरोना ५.० से लड़ते हुए,
हिंदी दिवस पर एक कवि सम्मेलन का आयोजन किया गया..."

6
जीव से बुद्धिजीवी

व्यास योगेश 'राजस्थानी'

गोरा गोल चेहरा। काली आँखों पर काला गोल चश्मा। हल्के बड़े बाल, माथे पर शिकन, खादी का कुर्ता पहने बुद्धिजीवी जी सामने पड़े चार-पाँच पन्नो को टटोल रहे थे। आज हम अपने एक कार्यक्रम 'साक्षात्कार' के तहत उनसे जीवी से बुद्धिजीवी बनने तक के सफर पर बात करने वाले थे। हमारे पहुँचते ही उन्होंने सामने पड़ी पुरानी किताबो को बंद कर दिया और हमारी ओर घूम कर बैठ गए।

"और क्या हाल चाल है?" उन्होंने पूछा।

"हमारे तो एक दम मज़े है!" हमने बताया ।

"आप कैसे हो?" हमने पूछा।

"हम भी एक दम बढ़िया है" उन्होंने बताया।

कुछ देर ऐसे ही अनौपचारिक बातचीत के बाद हम साक्षात्कार की ओर बढ़े। कैमरा लगाया और पहला प्रश्न किया– "आप अपने नाम के पीछे बुद्धिजीवी क्यो लिखते हैं?"

उन्होंने बहुत ही कम शब्दों में सटीक जवाब दिया, "क्योकि कोई और नहीं लिखता।"

"आप बुद्धिजीवी कैसे बने?" हमने पूछा।

"पूरा तो याद नही बहुत पहले की बात है। पर इतना याद है कि मैं सभी

विषयों पर बिना सोचे समझे बयान दिया करता था। मेरी बात सभी से अलग होती तो लोग सोचते कि कुछ सोचकर बोल रहा होगा।" उन्होंने बताया।

"आप अक्सर राजनीतिक मुद्दो पर बोलते रहते हैं, क्या आपको राजनीति की पूरी समझ है?" हमने पूछा।

उन्होंने थोड़ी हँसी के साथ मेरी ओर देखते हुए कहा, "सही बताऊँ तो मुझे राजनीति की उतनी ही समझ है जिनती आज की राजनीति में नीति बची है।"

तो लोगो ने आपको बुद्धिजीवी मानना कब शुरू किया?" हमने पूछा।

"जब लोगो के पास मानने के अलावा कोई ऑप्शन नहीं बचा।" उन्होंने बताया।

"एक सामान्य जीव और बुद्धि-जीव में क्या अंतर है?" हमने पूछा।

"अंतर देखा जाए तो बेसिकली जीव जो होता है, उन बातों में नही बोलता जिसकी समझ उसे ना हो, पर बुद्धिजीवी उन सभी बातों पर अपनी राय दे सकते हैं जिनकी उन्हें अ.. आ..भी न पता हो। सामान्य जीव..., जब तक उनसे न पूछा जाए, वो अपनी राय नही देते, परन्तु बुद्धिजीवी अपनी राय बताने के लिए किसी के पूछने का इंतज़ार नहीं करते", उन्होंने बताया।

"बुद्धिजीवी बनने के लिए बुद्धि की जरूरत होती है?", हमने पूछा।

"सामान्यतः समान्य जीव में बुद्धिजीवी से अधिक बुद्धि होती है पर वह बुद्धिजीवी नहीं बन सकता क्योंकि बुद्धिजीवी बनने के लिए बुद्धि न होना बहुत जरूरी है", उन्होंने बताया।

"तो क्या बिना बुद्धि के बुद्धिजीवी बन सकते हैं?" बड़े आश्चर्य के साथ हमने पूछा।

"हाँ.. हाँ क्यो नहीं, बन सकते हैं, आपके सामने जीता जागता उदाहरण में बैठा हूँ", उन्होंने बड़े ही सौम्य तरीके से बताया। उनका ये

जवाब सुनने के बाद हममें और कुछ पूछने की हिम्मत नहीं बची अतः हमने दर्शकों का धन्यवाद किया और कैमरामैन को कैमरा बंद करने का इशारा किया।

7
मंगल ग्रह पर जीवन

अस्मिता मौर्य

बात वर्तमान से नहीं भविष्य से शुरू करते हैं।

मंगल ग्रह पर राकेश जी को आये करीब पाँच साल हो गए थे, वह यह सोचकर आये थे कि कम से कम यहाँ उनके पड़ोसी लल्लन जी की तरह कोई रात में घर के सामने कचरा तो नहीं डालेगा और सुबह पड़ोसियों की तू-तू, मैं-मैं से तो नहीं जागना पड़ेगा कि कचरा किसका है?

लेकिन होनी को कुछ और ही मंज़ूर था।

उनका पहला साल तो शांति से गुजरा। लोग कम थे इसलिए मंगल पर शांति और सुकून था। लेकिन जैसे-जैसे वक़्त बीतता गया लोग अपने रिश्तेदारों को भी बुलाने लगे; कि भाई लोग आओ, मंगल पर तुम भी आओ, बड़ी शांति है। फिर क्या, धीरे-धीरे साल-दर-साल भीड़ बढ़ती गई। कुछ लोग तो पृथ्वी पर इसलिए नहीं रुक पाए कि उनका पड़ोसी मंगल पहुँच गया तो हम कैसे रुक जाएँ।

राकेश जी के पड़ोसी लल्लन जी भी कमबख्त इसी बीमारी के शिकार हो गए। तो दो साल बाद वो भी सारी गृहस्थी लादकर मंगल आ पहुँचे। और किस्मत देखिए, यहाँ भी अपने पड़ोसी राकेश जी के ही पड़ोसी बन गये।

वैसे तो राकेश जी अपने मंगल पलायन के बारे में मोहल्ले में किसी को बताना नहीं चाहते थे। लेकिन थी ही इतनी बड़ी बात की उनकी पत्नी के पेट में रुक ही नहीं पाई, और आलम ये कि मंगल पर जाने वाली फ्लाईट जिस एयरपोर्ट से रवाना होने वाली थी, वहाँ तक आधा मोहल्ला उनको छोड़ने आया।

कुछ वक्त तो राकेश जी भी खुश थे कि चलो इस गली में कोई अपना नहीं आया। इस गली में चाइनीज़ और अंग्रेज़ो की भीड़ ज्यादा थी। लेकिन कुछ ही दिनों में लल्लन जी भी वहाँ पहुँच गए।

पहले तो राकेश जी ने लल्लन जी का बड़े दिल से स्वागत किया, दोनों अक्सर दोस्तों की तरह सुबह-शाम की सैर पर निकलते थे, कई दफ़ा गली के नुक्कड़ पर छुट्टन भैया की चाय की दुकान पर चाय पीते थे (आप ज्यादा दिमाग़ न लगाइए। जब राकेश और लल्लन यहाँ आ गए तो छुट्टन कैसे पीछे रह जाता! वो ये सोचकर आया कि चलकर मंगल पर मस्त होटल खोलेंगे और शान से जिएँगे। पर मामला कुछ जमा नहीं, क्योंकि मंगल पर पहले ही विदेशी कंपनियां जैसे पिज़्ज़ाहट, डोमिनोज़ ने अपना कब्ज़ा जमा लिया था। तो उसने थोड़ा सोच-विचारकर बगल की नुक्कड़ पर चाय की दुकान खोल ली।)

हाँ तो अक्सर चाय की टपरी पर दोनों पड़ोसी कभी पृथ्वी से आती खबरों पर चर्चा करते तो कभी मंगल की नई-नई जगहों की।

आज जब सुबह कुछ शोर सुनकर राकेश जी की नींद खुली तो पहले तो उन्होंने खुद को याद दिलाया कि ये शोर उनके दिमाग से आ रहा होगा, पृथ्वी की पुरानी यादें होंगी, यहाँ भला मंगल पर कौन चिल्लायेगा इतनी ज़ोर से, वह भी सुबह-सुबह।

लेकिन नहीं, ये शोर तो यहीं से आ रहा था, और आवाज़ भी जानी-पहचानी थी : अरे ये आवाज़ तो उनकी पत्नी की थी, वो बाहर की तरफ भागे कि क्या हो गया?

बाहर पहुँचते ही उन्होंने एक नज़र अपनी पत्नी को देखा, एक नज़र गुप्ता जी के दरवाज़े पर खड़ी चिल्लाती हुई उनकी पत्नी को देखा, फिर आस-पास देखा तो नज़र दोनों घरों के बीच में पड़े कचरे के ढेर पर गई।

वह बस अपना सिर पकड़े चुपचाप अंदर आये और वापस पृथ्वी पर जाने की तैयारी में लगे।

एक महीने बाद जैसे-तैसे आखिर पृथ्वी पर पहुँच गये। अपने वतन, अपनी ज़मीन, उस लाल ग्रह और छुट्टन जी को वहीं छोड़कर की अब यहाँ सुकून से रहेंगे।

लेकिन कुछ दिन बाद उनके फोन पर एक संदेश आया तो वो एकदम से चिंतित हो गए।

तुरंत ही उन्होंने अपना ईमेल खोला और NASA और ISRO को एक साथ मेल किया कि किसी और ग्रह पर जीवन संभव है क्या? अगर है तो कृपया जल्दी बताएँ।

उनके फ़ोन स्क्रीन पर आया हुआ संदेस अब भी चमक रहा था :

"नमस्कार, राकेश जी,

बहुत खुशी हुई जानकर की आप पृथ्वी पर वापस खुशहाल जीवन जी रहे हैं, सच कहें तो यहाँ आपके जाने के बाद जीवन नीरस से हो गया है, और छुट्टन की चाय भी अब मज़ेदार नहीं लगती, इसलिए हमने और छुट्टन ने निश्चय किया है कि जल्द ही पृथ्वी पर वापस लौट चलें।"

आपका प्रिय मित्र

लल्लन और छुट्टन

8

कटी हुई नाक

शीतल रघुवंशी

देखा जाए तो नाक काटने की शुरुआत रामायण काल से ही हुई होगी, क्योंकि वहीं एकमात्र नाक काटने का प्रसंग आया है। शायद तभी से नाक काटने की प्रथा प्रचलित हो गयी।

ख़ैर आधुनिक भारत में भी नाक काटने की परंपरा बदस्तूर जारी है।

अरे रे रे! नाक कट गई मिड्ढा जी की, उनके बेटे को पुलिस पकड़कर ले गयी। मियांजी की बेटी भाग गई, कट गयी न नाक, बहू तुम्हारे मायके वाले ढंग का इंतज़ाम नहीं कर सके ...! नाक कट गयी हमारी। घर की शादी है, मय्यत थोड़ी है, अच्छी साड़ी पहनो नहीं तो लोग क्या कहेंगे; खन्ना जी की बहू के पास पहनने को कपड़े भी नहीं हैं!

मुझे समझ नहीं आता कि हर छोटी-बड़ी बात पर नाक कट कैसे जाती है? और अगर कट जाती है तो दुबारा जुड़ती कैसे है? गोया उससे भी बड़ा सवाल ये कि नाक काटता कौन है?

मज़े की बात यह है कि गरीब की नाक छोटी से छोटी बात पर भी कट जाती है! हम जैसे मध्यवर्गीय लोगों की नाक कटने की परिस्तिथियाँ थोड़ी भिन्न होती हैं और उच्च वर्ग के लोगों की नाक पहले तो आसानी से कटती नहीं, अगर विशेष परिस्थितियों में गलती से कट भी गयी तो

आसानी से जुड़ भी जाती है। या यूं कहें कि ‘उनकी कटी हुई नाक वापस उग जाती है’, छिपकली की पूंछ की तरह…लेकिन अब विज्ञान ने इतनी तरक्की कर ली है कि उच्च वर्गीय लोग सिलिकॉन की नाक रखते है… जैसे ही कटी दूसरी लगा ली। नेताजी का घोटाले में नाम आया है, वह भी सभी अखबारों में पहले पन्ने पर, कायदे से उनकी भी नाक कटनी चाहिए थी, लेकिन ये क्या सफाई से उन्होंने अपने कार्यकाल में इस मुद्दे को विपक्ष की साजिश बताकर नाक बचा ली, और इतने सालों में उनकी नाक काटना तो दूर उस पर कोई खरोंच भी नहीं आई। लेकिन सुना है अब नेताजी जेल में हैं, हमें लगा नाक कट गयी होगी…और शायद इस बार थोड़ी कटी भी थी। लेकिन जैसा कि मैंने आप लोगों को पहले भी बताया था बड़े लोगों की नाक आसानी से नहीं कटती, और कट भी गयी तो दूसरी नाक उगा लेते हैं। ऐसी ही है नेताजी की नई नाक! असली वाली से लम्बी और तीखी।

आप सबसे बस यही कहना है, नाक काटना तो हमारी परंपरा का हिस्सा है, काटते रहिये और कटवाते रहिए। दुखी होने की जरूरत नहीं; आज कटी है तो कल जुड़ जाएगी… और हाँ ये भरम मत पालिए कि जो एक बार नकटा हो गया उसकी दुबारा नाक नहीं काट सकता। नाक कटने और जुड़ने का सिलसिला अनन्त है, नाक कभी भी, किसी की भी और किसी भी बात पर कट सकती है और कटवाई भी जा सकती है। तो बस फिर क्या, आनन्द लीजिए, मौज कीजिए, जो संसार का क्रम है, जैसे चल रहा है, चलने दीजिये और कटी नाक की चिंता से मुक्त रहिए।

NEED
A JOB

9

अपना-अपना पेशा

चिराग अग्रवाल

तालाबंदी के दौर में कई नवयुवक, श्रमिक, मेहनती कामगार बेरोजगार हो गए। एक जिम्मेदार पत्रकार होने के नाते समाज के हर तबके तक पहुँचना मेरी जिम्मेदारी है। मैं एक साक्षात्कार लेने गया। व्यक्ति का नाम बताना प्रोफेशनल एथिक्स के ख़िलाफ़ है इसलिए आप कुछ भी क ख ग रख लीजिए। उस व्यक्ति का काम ही ऐसा था कि पहचान छुपानी पड़ती है। खैर मुझपर विश्वास जमने के बाद उसने अपना पेशा बताया। उसका काम चौराहों, बसों, सड़क और बाज़ारों का था। मैं उसके लिए कोई अच्छा शब्द चाहता हूँ, लेकिन फ़िलवक्त आप जेबकतरा कह लीजिए।

बातचीत करते हुए उसकी आँखों में आँसू आ गए। कहने लगा कि तालाबंदी के दौर में आप पहले आदमी हैं जिन्होंने हमारी सुध ली। मीडिया ने तमाम श्रमिकों को दिखाया पर हम जैसों का क्या? जो 24 मार्च से बेरोजगार हैं? बड़ी मुश्किल से परिवार का पेट भर रहा हूँ। यह पूछने पर कि अगर आपको पहले सूचित किया जाता तालाबंदी का तो आप क्या करते? इस पर कहने लगा, 'मैं दिन में 8-10 जेबें काट लेता हूँ, यदि पहले पता होता तो उस दिन 20-25 काट लेता।

उसकी दुर्दशा देखकर मेरी आँखें भी भीगने लगीं। वह कहता है कि उसे व्यवसाय में हुए नुकसान का हर्जाना मिलना चाहिए। खैर अब जब सब

कुछ धीरे-धीरे खुल रहा है तो वह अपने काम पर वापस जा सकता है।

इंटरव्यू करके जब मैं वापस प्रेस लौट रहा था तो मैंने सोचा कि अपने काम के प्रति ऐसे निष्ठावान व्यक्ति से मिलकर लौट रहा हूँ, एक बार अपनी जेब भी चेक कर लेनी चाहिए।

यह विचार आना था कि मैंने जेब में हाथ डाला लेकिन पूरा हाथ आरपार हो गया: अपनी जेब भी कट चुकी थी।

हालांकि मैं भी पत्रकार था, थोड़ी दूर का सोचता हूँ; मेरी जेब पहले से खाली थी!

10

इक़बाल क्लीनिक

सचिन शर्मा

बंटू के गालों पर बहता आँसू जैसे रास्ता खो चुका था और सूख ही रहा था कि बंटू मुस्करा दिया। उसके पापा गजक लेकर आ चुके थे। इक़बाल डॉक्टर साब के क्लिनिक के बाहर गज़क वाले ने कुछ ही दिनों पहले दुकान जमा ली थी। रोज़ पंद्रह से बीस पैकेट बेच लेता था। साथ ही कुछ गुब्बारे और पतंगी काग़ज़ से बनी फिरकियाँ भी रख ली थी। क्लिनिक के बाहर खुशियाँ बेचने का धंधा अच्छा चल पड़ा था।

इक़बाल डॉक्टर साब हाल ही में ग्वालियर से MBBS करके आये थे, पिछली बार वार्ड क्रमांक १९ से नगर पालिका के चुनाव में खड़े हुए थे, चुनाव चिन्ह था इंजेक्शन। २५० वोटों से हारे थे। समाज में इज्जत तो थी, पर उनको बच्चों की हाय लगी थी। बच्चे वोट नहीं दे सकते थे पर बद्दुआ देने का मूल अधिकार तो सभी को था।

डॉक्टर साहब के क्लिनिक में जो भी बच्चा गया, कभी बिना रोये बाहर नहीं आया। उनके बारे में अफ़वाह थी कि वो बच्चों के आँसू पीते थे। जो भी बीमारी हो, उसका इलाज बस एक ही था, वो हर किसी को इंजेक्शन लगाते। फिर भी उनके क्लिनिक में लाइन लगी रहती। डॉक्टर साहब के मुँह पर माता के दाग़ थे। बच्चों के मन में उनके लिए इतना डर था कि वो अगर कहीं बाहर मार्केट में भी दिख जाएं तो बच्चे दौड़ के छुप जाते थे। डर इतना, कि बीमार बच्चे स्कूल में खुद एप्लीकेशन भेजते, कि कृपया मुझे स्कूल में आने कि अनुमति दीजिये, घर पर रहूँगा तो पापा इक़बाल क्लिनिक ले जायेंगे। छोटे-मोटे ज़ख्म, फोड़े और पेट के दर्द जैसी बीमारियां तो बच्चे ऐसे सहन करते थे जैसे कोई नई नवेली दुल्हन अपनी ननद के तानों को पी जाती हो।

दुर्भाग्यवश बंटू की चोट अंदरूनी न थी।

सुबह साइकिल के पहिये को पकड़ उसने मोनू को चैलेंज दिया था "अब साइकिल हिला के दिखा।"

मोनू पैडल पर ज़ोर लगा रहा था, पर बंटू की ग्रिप भी तगड़ी थी, मानो जैसे स्वयं अंगद ने पकड़ा हो।

मोनू ने अपनी सारी मांसपेशियों का बल, गुरुत्वाकर्षण के साथ मिलाया, और साइकिल के पैडल पर खड़ा हो गया।

बंटू के अंदर का अंगद 'चीं' बोल गया, और उसकी दो उँगलियों के नाखून खुल गये, जैसे सीपियाँ खुल कर लाल मोतियों के दर्शन दे रही हों।

जब बंटू ने आँखें खोलीं तो खुद को ताऊजी की गोद में पाया। पास ही में मोनू था, थोड़ा परेशान-सा दिखता था। शायद उसमें अपराधबोध था। बंटू ने अपने हाथों को देखा और दर्द जैसे उसकी आँखों से होता हुआ उसके मस्तिष्क में घर कर गया, और उसने 'आह' भरी। पर दर्द दिमाग से दिल तक तब पहुँचा जब उसे ये एहसास हुआ की वो इक़बाल क्लिनिक के भीतर लगी एक लम्बी लाइन में है।

‡

ताऊजी मध्य प्रदेश पुलिस में सिपाही थे, ६ फुट २ इंच लम्बे और करीब उतने ही चौड़े, नाम था फौलाद सिंह। वे दाढ़ी बनाने के लिए रेजर इस्तेमाल नहीं करते थे, सीधे टोपाज़ की ब्लेड को अंगूठे और तर्जनी से पकड़कर गालों पर फिरा लेते। डम्बल की जगह रोज़ सुबह मोनू और बंटू को उठाकर वर्जिश करते थे। मोनू उन्हीं का सुपुत्र था।

ताऊजी की गोद में लेटे-लेटे बंटू ने अपने चारों ओर का ब्यौरा लिया। तकरीबन २० मरीज़ बच्चे, और ३० अटेंडेंट। कुछ बच्चे अनमने से बैठे थे, वे अपनी बीमारी से ज़्यादा अपने निकट भविष्य को लेकर चिंतित थे। बाकी बचे उच्छृंखल हिरन की औलादें, जो बेशक पहली बार इक़बाल क्लिनिक में आये थे। ये वानरसेना, वजन तोलने की मशीन के पास ऐसे मंडरा रही थी जैसे गुड़ के ऊपर मक्खियाँ भिनक रही हों। एक दो को तो कम्पाउण्डर हड़का चुका था, पर ये भी पक्की मिट्टी से बने हुए ढीट थे। घर पर ही इनके ऊपर इतने हमले हों चुके थे की डाँट-डपट इनके लिए मैडल के समान थी। कम्पाउण्डर का धैर्य जवाब दे रहा था, वो अब किसी भी पल चप्पल से इनके गालों पर परमवीर चक्र छाप सकता था। 'डॉक्टर साब १२ बजे आते हैं', ऐसा कम्पाउण्डर चप्पल खोलते हुए एक अभिभावक को बता रहा था। दीवार पर लटकी सिप्ला ब्रांडेड दीवार घड़ी साढ़े १२ बजा रही थी। कम्पाउण्डर झूठ बोल रहा था या घड़ी? इसका अंदाज़ा किसी को न था। कमरे में दीवारों से सटी हुई बेंचें लगी थीं जिस पर ये सारे मरीज़ लाइन से नंबर पर्ची लिए बैठे थे।

ऐसा ही एक टोकन ताऊजी के हाथ में भी था, लिखा था -नंबर 5 । बंटू से आगे बेंच पर साड़ी सम्राट की थैली और एक दो गमछे रखे थे, और २ महिलाएं अपनी-अपनी गोद में एक-एक कुपोषित मासूम को लेकर बैठी थीं ।

सामने वाली दीवार के ठीक बीच एक दरवाज़ा था कांच का, जहाँ से बाहर की सड़क, नाला और उन्मुक्त गगन में काली पतंगों की भांति गोते लगाते कुछ कौए दिखते थे। दरवाज़े पर प्लस का निशान था, और ठीक बाहर एक सिक्योरिटी गार्ड। बंटू भांप गया था कि ये सिक्योरिटी गार्ड भीतर के मरीज़ों को बाहर जाने से रोकने की तनख्वाह लेता है।

‡

अचानक ही बंटू को अपनी अँगुलियों का दर्द जाता-सा प्रतीत हुआ। उसने ताऊजी की तरफ देखा पर डर के मारे कुछ न बोल पाया। उसने मोनू को देखा। वो सामने पड़ी "हेल्थ टुडे" इंग्लिश मैगज़ीन को ऐसे देख रहा था जैसे संस्कृत के अध्यापक स्टाफ रूम में लगी आवर्त सारणी घूरते हैं।

"मोनू! मैं ठीक हो गया हूँ, डॉक्टर साहब भी नहीं आएँगे शायद आज, अपन घर चलें क्या? क्यों ताऊजी?" बंटू ने भोली बातों के सहारे मोनू से लेकर फौलादी ताऊजी तक आशा का एक कमज़ोर पुल बाँधा। ताऊजी ने कुछ जवाब न दिया, मतलब आईडिया इतना भी बुरा न था, वरना ताऊजी शांत रहने वालों में से न थे। तभी ताऊजी ने उठना शुरू कर दिया और बंटू गोद से गिरने लगा, पर वह खुश था। बंटू के मन में आस जगी, शायद ताऊजी उठकर घर चलने को कहें।

पर तभी ताऊजी के चेहरे पर मुस्कान दिखी। ये कोई आम मुस्कराहट नहीं थीं। ये वही भाव थे जो कैलेंडर में हनुमान जी के चेहरे पर साफ़ दिखते हैं। थोड़ी देर में ताऊजी के फौलादी हाथ जुड़ गए और उन्होंने दरवाज़ा खोलते इक़बाल डॉक्टर साब को नमस्ते किया। सारा क्लिनिक थम-सा गया। कौतूहल करते शैतान बच्चों को जैसे लकवा

मार गया। डॉक्टर साहब ने सबको एक साथ नमस्ते किया और अपने पीछे का कांच का दरवाज़ा बंद कर दिया। बंटू के लिए किस्मत के सारे दरवाज़े अब बंद हो गए थे।

हताश बंटू बेंच पर बैठ गया, बेंच पर रखे अपने हाथ को देखता रहा। उसकी उँगलियाँ और आशा सुन्न पड़ चुके थे। डॉक्टर के चेयर पर बैठते ही मरीज़ों में गहमा-गहमी शुरू हो गयी, मोनू ने कूदकर मैगज़ीन के नीचे पड़ा पेपर उठाया और उछाल भरकर वापस बेंच पर बैठ गया। उसकी तशरीफ़ बंटू की टूटी ऊँगली पर गिर चुकी थी। बंटू चिल्लाया। ताऊजी को जब कुछ समझ नहीं आया तो उन्होंने मोनू का निकटतम कान खींच दिया। दर्द दोनों बच्चों में अब बराबर बँट चुका था।

बंटू के गालों पर बहता आँसू जैसे रास्ता खो चुका था और सूख ही रहा था कि बंटू मुस्कुरा दिया। उसके पापा गज़क लेकर आ चुके थे।

‡

मुसीबत तो थी, पर बंटू के जीवन के तीन स्तम्भ उसके साथ ही थे – पापा, जिन्होंने बंटू को हर दर्द का सामना मिठाई से करना सिखाया; ताऊजी, जिनकी जकड़ से छूटना किसी के बस का न था; और मोनू, जिसने ८ वर्ष कि कच्ची उम्र में ही, ४ बार रामचरितमानस 'कवर टू कवर' पढ़ रखी थी। हाँ, ये बंटू का परिवार था और बंटू को अपने घुटनों में अब थोड़ा साहस महसूस हो रहा था।

इतने में पहला मरीज़ डॉक्टर की चपेट में आ चुका था, बच्चा नवजात था, बर्फ से ठंड़े स्टेथोस्कोप का स्पर्श अपनी पसली पर सहन न कर सका और रोने लगा, फिर कम्पाउण्डर ने हरा वाला पर्दा लगा दिया, सात सेकंड बाद बच्चे की आवाज़ चीख में बदल गयी। ये कोई सामान्य चीख न थी, शिशु भाषा में एक गन्दी गाली-सी प्रतीत होती थी। इस चीख को सुनते ही सख्त बच्चे पिघल कर जैसे २-२ साल और छोटे हो गए और अपने-अपने माँ-बाप के पास जाकर रहम की भीख मांगने लगे। वेइंग मशीन में से अब सबकी रूचि जाती रही ।

फिर क्या था हर ४-५ मिनट में पर्दा खुलता, सकुचाये बच्चे अंदर लाये जाते, पर्दा बंद किया जाता और बच्चों को सुई लगायी जाती। दर्द और चीख की फैक्ट्री की इस असेंबली लाइन में अब अगला नंबर बंटू का था।

बंटू ने लम्बी साँस भरी और मोनू की तरफ देखा। मोनू ने उसे कुछ दिनों पहले एक मंत्र बताया था कि जब भी दर्द हो, संकट आये तो इस मंत्र का उच्चारण ५ बार कर लेना, पर उसे मंत्र याद नहीं आ रहा था। डॉक्टर की सीट पर बैठते ही इक़बाल साहब ने बंटू से पूछा "नाम क्या है बेटा?" बंटू ज़ोर से बोला "दीन दयाल विरत संभारी, हरहु नाथ माम् संकट भारी" डॉक्टर मुस्कुरा दिया; शिकार डरा हुआ था। फिर उनकी नज़र हाथ पर लगी पट्टी पर पड़ी जो मम्मी की पुरानी साडी से बनी थी। पट्टी को खोलने के लिए जैसे ही डॉक्टर ने कैची उठायी, मोनू बेहोश हो गया, उसने काफी फिल्में देख रखी थी, उसके दिमाग में डायलॉग गूंजने लगा "ज़हर बहुत फ़ैल चुका है, हाथ काटना होगा"।

मोनू के गिरते ही डॉक्टर ने कैंची वापस रख दी और कम्पाउण्डर को बुलाकर एक गिलास पानी मंगाया और अपना ब्रीफ़केस खोला। अब सबका फोकस मोनू पर था, उसके मुँह पर थोड़ा पानी मारा गया और उसकी बेहोशी का फायदा उठाकर तुरंत उसे एक इंजेक्शन दे दिया गया।

बेहोशी से सीधे क्रोध मुद्रा में आते हुए मोनू ज़ोर से रोने लगा और अपने पाँव ज़ोर-ज़ोर से डॉक्टर को मारने लगा। इस पर ताऊजी ने उसे एक तमाचा जड़ दिया। मोनू को तो इस चांटे का दर्द महसूस न हुआ, पर बंटू को ये सब देखकर थोड़ा आराम मिला, आखिर वह अकेला नहीं था जिसका दिन ख़राब जा रहा था।

‡

बलि देते हुए बकरे को चाकू नहीं दिखाया जाता, इससे उसके मन में डर बैठ जाता है और बलि व्यर्थ हो जाती है। इस बात का ज्ञान इक़बाल

साहब को था। वो किसी भी पेशेंट को सुई देखने का मौका नहीं देते थे, ध्यान बंटाकर, इधर-उधर की बातें करते और अचानक ही बच्चे को अपनी पीछे की साइड सेक्शन A या B में एक असहनीय खिंचाव महसूस होता और उसके अंदर मज़बूरी बिलख उठती। ऐसा बंटू ने अपने कुछ दोस्तों से सुना तो था, पर आज उसने साक्षात् देख भी लिया था। पर अब उसकी बारी थी।

डॉक्टर ने पहले पट्टी खोली और टिंचर से दोनों उंगलियां साफ़ की, और पूछा "दर्द तो नहीं हो रहा न"?

इस सवाल पर, पता नहीं क्यों; बंटू की हँसी छूट गयी। मानो फांसी गले में डालते हुए जल्लाद कैदी से कहे "रस्सी थोड़ी सख्त है, चुभे तो बताना।" बंटू की दुनिया बस उजड़ने ही वाली थी। डॉक्टर ने पट्टी बांधते हुए पापा से कहा, "अब मैं कुछ दवाइयां लिख देता हूँ आप दो दिन बाद ड्रेसिंग कराने आ जाना।" इतना कहकर डॉक्टर नोट पैड पर जापानी में कुछ लिखने लगे। पर्ची फाड़कर पापा को देकर बोले, "ये लीजिये।" बंटू को विश्वास न हुआ, उसे डॉक्टर इक़बाल में डॉक्टर राम दिखाई दिए।"डॉक्टर साब, फीस कितनी?" पापा ने पूछा।

१०० रूपए देते हुए पापा जी ने उनसे विदा ली। बंटू का मंत्र काम कर गया था। उसने दांत निकाल कर मोनू की तरफ देखा। सुबकते हुए मोनू का गुस्सा साफ़ देखा जा सकता था। इससे पहले की पर्दा खुलता, मोनू बोला "टेटनस का तो दिया ही नहीं", सब लोग मोनू की तरफ देखने लगे।

बंटू के लिए अपने, पराये से हो गए। बंटू को लिटाकर दबोचा गया, एक हाथ मोनू ने पकड़ा, एक पापा ने, ताऊजी ने दोनों पैरो की ज़िम्मेदारी ली। डॉक्टर ने अपने ब्रीफ़केस से फिर से एक सुई निकली। पहले बंटू की निक्कर खिसकाई गयी, फिर चड्डी, फिर एक ठंडी-सी रुई से जैसे पिछवाड़े पर लगी धूल साफ़ की गयी, और फिर जैसे एक बहुत बड़ी चींटी-सी काट गयी।

बंटू को सुई के दर्द का उतना एहसास नहीं हुआ जितना इन ढोंगी परिवार वालों के दोगलेपन का दुःख लगा। उसके हाथ से गज़क का पैकेट गिर गया। उसके लिए जैसे सब कुछ बदल इन सबके बीच किसी ने गौर नहीं किया, पर फौलाद ताऊजी की आँखों से आँसू का एक कतरा बंटू के पिछवाड़े पर टपका था।

खेल प्रबंधन

11

संजय गोरा

अक्सर सुनने में आता है कि अगर एक दल यानि टीम का हर सदस्य खेल भावना के साथ काम करे तो ऑफिस में टीम वर्किंग बहुत अच्छी हो सकती है। मैंने वास्तव में इस कथन को थोड़ा शाब्दिक रूप से लिया और इस बात पर विचार किया कि कार्यालय के वातावरण में किस प्रकार की टीम और टीम के सदस्यों की कल्पना की जा सकती है। मेरे अजीब दिमाग ने जो उगला, उसका एक नमूना यहाँ आपके लिए दिया गया है।

टेनिस खिलाड़ी : ये महानुभाव कभी भी गेंद को अपने पाले में नहीं रखते। उनके पास जो भी काम आता है, वो या तो इसे अपने वरिष्ठों या कनिष्ठों को दे देते हैं। टेबल-टेनिस की तुलना और भी सटीक बैठती है, यदि आपने अनुभव किया हो फाइलों/नोट्स/मेमो आदि का गेंद की तरह टेबल पर इधर-उधर जाना।

कबड्डी : हम जानते हैं कि यह एक भारतीय खेल है, जिसमें एक खिलाड़ी कबड्डी-कबड्डी बोलते हुए विरोधी टीम में कई के साथ कुश्ती करता है। अब ऑफिस में कबड्डी खेलने वाले तब तक 'मैं-मैं-मैंने किया' दोहराते रहते हैं, जब तक कि वे थक नहीं जाते हैं और उनकी साँस नहीं फूल जाती है। वे अपने अहंकार को बड़े-बड़े दिखावटी नाम देते हैं जैसे कि आत्मविश्वास, आत्मसम्मान, मुखरता आदि। वे मानते हैं कि बाकी सभी एक लोकप्रिय प्रतियोगिता में भाग ले रहे हैं।

हॉकी खिलाड़ी: आपने कैरट एंड स्टिक पॉलिसी, यानी गाजर और लाठी नीति के बारे में सुना ही होगा। या गुड कॉप-बैड कॉप नीति, जिसमें कभी अच्छा बन जाते हैं और कभी बुरे। लेकिन हमारे ऑफिस के हॉकी खिलाड़ी हमेशा अपने हाथों में एक छड़ी रखते हैं, गाजर कभी नहीं। ऐसा लगता है जैसे उन्होंने गाजर-और-छड़ी नीति के बारे में कभी नहीं सुना। हालाँकि स्टेफेन आर कोवी ने भी अपनी '8वीं हैबिट' में हमें विश्वास दिलाया है कि यह नीति जानवरों के लिए है, और हमें विवेक, या आध्यात्मिकता पर अधिक जोर देना चाहिए।

एथलीट : वे हमेशा जल्दी में होते हैं, चाहे कुछ भी हो। अधिकांश समय, ये दिखने में व्यस्त, काम की फ़िक्र और काम के जिक्र के दिखावे में लगे रहते हैं और लक्ष्य से दूर भागते रहते हैं। समस्या यह है कि दौड़

समाप्त होने पर भी वे दौड़ते रहते हैं। कोई आश्चर्य नहीं कि वे कभी भी अपनी टीम के अनुरूप नहीं होते हैं।

चीयर लीडर्स : आपने क्रिकेट खेल में चीयर लीडर्स देखे होंगे जो चौक्का-छक्का लगने पर बैंड के साथ डांस करते हैं और रंग-बिरंगी पोशाक पहने रहते हैं। ऑफिस में भी कुछ ऐसी हस्तियाँ होती हैं, जो कोने पर बैठते हैं और जयकार करते रहते हैं, हमेशा अपने व्याख्यान के माध्यम से प्रेरणा का स्रोत बनने की कोशिश करते हैं, चाहे कोई उनसे यह चाहता हो य न चाहता हो। हालाँकि बदलाव के लिए वो कभी कुछ नहीं करते, सिवाय चीखने-चिल्लाने के और उछलने के। आपने वो कहानी सुनी होगी, जब एक बकरी अपने बच्चे के खो जाने पर मदद के लिए बन्दर राजा के पास गयी। बन्दर ने मदद का भरोसा दिया और एक पेड़ से दूसरे पेड़ पर खूब उछल-कूद करता रहा। जब बकरी ने पूछा– मेरा बच्चा मिला? तो बन्दर बोला, 'तुमने देखा नहीं मैंने कितनी कोशिश की'।

शतरंज के खिलाड़ी: आप इनके लिए या तो मोहरे हैं, प्यादे हैं, या उनके प्रतियोगी। आपको जो पसंद है, उसे चुनें। वो अपनी ज़रूरत के हिसाब से आपका फायदा उठाएंगे। अगर आप किसी काम के नहीं हैं तो आपका प्यादे की तरह निरादर करेंगे। अगर आप उनके किसी काम आ सकते हैं, तो आपको मोहरे की तरह इस्तेमाल करेंगे। आपको जब तक समझ आएगा वो अपना काम निकाल चुके होंगे और आपको दूध में मक्खी की तरह फेंक दिया होगा। और अगर आप उनके प्रतियोगी हैं या वो ऐसा सोचते हैं तो आपकी खैर नहीं। वो हर तिकड़म लगाकर आपसे आगे रहने का प्रयास हमेशा करते रहेंगे।

फुटबॉल खिलाड़ी: मैं केवल आपके लिए प्रार्थना कर सकता हूँ कि आपको ऐसे लोगों के साथ काम करने का मौका न मिले। फुटबॉल के रूप में आपका उपयोग करते हुए, उनमें से तीन या चार अगर मिल जाएँ तो आपके लिए घातक हो सकते हैं। ऐसी दुर्दशा नए कर्मचारियों के साथ अक्सर होती है। आप एक बॉस द्वारा दिए गए पत्र को पूरा करते हैं, और दूसरा आपको अगले कार्य के लिए बुलाता है। आपने अभी तक इसे समाप्त नहीं किया है और बजर बजता है कि बॉस का बॉस आपसे कुछ IR समस्या पर चर्चा करना चाहता है और इसी तरह यह चक्कर चलता रहता है।

स्कैश प्लेयर्स: आपको भगवान बचाए, खासकर अगर वे इन एंगर-फ्रीक की फायरिंग रेंज के भीतर हों। उनके साथ किसी को कभी पता ही नहीं चलता कि किसी की पिटाई क्यों हो रही है। दूसरों को उनकी हर समस्या के लिए दोषी ठहराया जाता है– व्यक्तिगत या आधिकारिक, और उन्हें पता है कि एकमात्र तरीका यह है कि जब भी वे परेशान हों तो दूसरों को अपने दिमाग का एक नमूना, वास्तव में एक बड़ा नमूना दें।

अंपायर: तेंदुलकर और सहवाग के देश में क्रिकेट को कोई कैसे भूल सकता है? खैर, अंपायर हर मामले पर अपनी राय देने के लिए प्रवृत्त होते हैं। कहने की ज़रूरत नहीं कि कोई उनसे पूछे य न पूछे। ऐसे लोगों के विचार नकारात्मकता से भरे हुए होते हैं। वो जानते हैं कि अलग-अलग परिस्थितियों में पीएम, सीएम, चेयरमैन या एक सहयोगी को क्या करना चाहिए था। जैसाकि किसी ने ठीक ही कहा है, देश और दुनिया की तमाम समस्याओं का समाधान रिक्शा चलाने वालों और नाई को ही पता है। काश, वे वहीं होते जहाँ वे होते!

तो उम्मीद है खेल-खेल में प्रबंधन पर मेरी यह सोच आपको पसंद

आयी होगी। खैर, अंत में आप सोच रहे होंगे कि मैं खुद को किस श्रेणी के खिलाड़ियों में रखता हूँ। स्पष्ट और बिना किसी विनम्रता से कहूँ तो वास्तव में मैं खुद को जैक-ऑफ-ऑल ट्रेंड्स और ऑलराउंडर के रूप में देखता हूँ। आप लोग मुझे कैसे देखते हैं, यह आप जानें।

12

'पीएचडी का स्टॉकहोम सिंड्रोम'

प्रिय

#प्रश्न

"पीएच.डी. का प्राप्य स्टॉकहोम सिंड्रोम है।" प्रियोस्की के इस कथन के प्रकाश में पीएचडी के विभिन्न चरणों की व्याख्या कीजिए [60अंक]

#उत्तर

भारत एक महान देश है। यहाँ समय-समय पर मूर्धन्य विद्वानों द्वारा एम.ए. करने के बाद और विवाह करने के पूर्व पीएच.डी. का सेवन किया जाता है। यह प्रेमवश (यदि एम.ए. वाली पीएचडी करने लगे), परिस्थितिवश (यदि करने को कुछ न हो), दबाववश (युवाओं पर एम.ए. करने के बाद विवाह से अधिक पीएच.डी. का दबाब होता है), रोजगारवश (यदि छात्र नेता आजीवन छात्र नेता बने रहना चाहता है) और कभी-कभी ज्ञानार्जन के लिए की जाती है। जितना दबाब युवाओं पर नौकरी लगने के बाद विवाह करने के लिए होता है, उतना ही दबाव एम.ए. करने के बाद पीएच.डी. करने के लिए होता है। प्रियोस्की कहते हैं (अंडरलाइन): कुछ नहीं कर रहे तो पीएचडी कर लो! यह भारत में उच्च शिक्षा का ध्येय वाक्य (नारा) है।

इसके चार प्रमुख चरण हैं:

प्रथमः शोध(रिसर्च) का चरण
द्वितीयः प्रविधि(मैथडॉलजी) का चरण
तृतीयः शोध प्रविधि(रिसर्च मैथडॉलजी) का चरण
चतुर्थः चरण

प्रियोस्की ने पीएचडी के तीन चरण बताए हैं—परिचय, प्रणय, परिणय।

प्रथम चरण शोध(रिसर्च) का चरण है।

इस चरण में गाइड और शोधार्थी एक दूसरे पर शोध करते हैं। प्रारम्भ में गाइड को लगता है मैं किस गधे को पीएच.डी. करा रहा हूँ, और शोधार्थी

को लगता है मैं किस गधे के अंडर में पीएच.डी कर रहा हूँ। बहुत से लोग इस पहले ही चरण को पार नहीं कर पाते।

प्रथम चरण में गाइड उस प्रेमिका की तरह होता है जो प्रेमी के सारे प्रणय निवेदन एक के बाद भी एक के बाद एक अस्वीकार करती जाती है। वह कभी उसे घर पर मिलने को बुलाती है, तो कभी कैंटीन में, कभी ऑडिटोरियम में, तो कभी लाइब्रेरी में। इसी प्रकार गाइड भी शोधार्थी को कभी क्लासरूम में, कभी स्टाफरूम में, तो कभी ड्राइंगरूम में न मिलने के लिए बुलाता रहता है। प्रेमिका की तरह आसमान से चाँद-तारे तोड़ लाने जैसी असंम्भव शर्तें गाइड भी रखता है।

गाइड शोधार्थी से आकाश-कुसुम, शश-श्रृंग, चील-मूत्र लाने को कहता है। पीएच.डी. का पहला चरण शोधार्थी की परीक्षा का चरण है। यह बहुत धैर्य से बिताना होता है। इस चरण में शोधार्थी को बहुत लानत-मलामत, अपमान, तिरस्कार सहना पड़ता है। बाद के चरणों में शोधार्थी इसका अभ्यस्त हो जाता है। प्रथम चरण में- पीएच.डी. मेरे जीवन की सबसे बड़ी भूल थी– की भावना प्रबल रहती है। इस चरण में शोधार्थी को विचलित नहीं होना है। उसे पूरी तरह निर्लज्ज बने रहना है। वह यह कदापि न कहे कि आपके द्वारा चाही गई सामग्री उपलब्ध नहीं है (यह तो गाइड को भी पता है)। वह कहे कि श्रीमान, आकाश कुसुम लेने मैं प्रोफेसर शुक्ला के यहाँ गया था, परन्तु उन्होंने आकाश-कुसुम देने से मना कर दिया। यदि गाइड प्रोफेसर शुक्ला की आलोचना करे तो शोधार्थी उसमें पूरे उत्साह से भाग ले। शश-श्रृंग के बारे में कहे कि सर, बब्बू पुस्तक भण्डार वाले ने कहा है कि वह अगले महीने मलखम्भा प्रकाशन से शश-श्रृंग मँगवा देगा। चील-मूत्र के लिये कहे कि मेरे मित्र के मित्र के पास चील-मूत्र की

पीडीएफ़ उपलब्ध है। अतिशीघ्र प्राप्त होगी।

सम्भव है कि फिर गाइड कहे—जाओ, 'अश्वत्थामा बलिर्व्यासो' का इंटरव्यू लेकर आओ! तो शोधार्थी पुनः मोटरसाइकिल पर निकल ले। एक महीने उपरांत वापस आकर बताए कि अश्वत्थामा जी का फोन बंद आ रहा है, फिर दूसरे महीने में बताए कि बलि जी के घर पर ताला लगा है, और तीसरे महीने में कहे कि व्यास जी को मेल किया था, रिप्लाई नहीं आया।

गाइड को भी प्रथम चरण में बहुत धैर्य रखना होता है। अन्यथा पांच वर्ष के अवैतनिक सेवक के हाथ से निकल जाने का खतरा होता है। यदि गाइड को शोधार्थी पर क्रोध आए तो वह कल्पना करे कि जेठ की तपती दोपहरी में वह स्वयं फोल्डिंग-पलंग वेल्डिंग कराने ले जा रहा है अथवा पूस की सर्द रात में श्रीमती गाइड को ट्रेन में बिठाने जा रहा है। अर्थात वे समस्त कार्य, जो वह शोधार्थी से करवाने वाला है, उन्हें स्वयं करने की कल्पना करे। इससे गाइड में शोधार्थी को झेलने का सामर्थ्य उत्पन्न होगा।

इस तरह परस्पर सहयोग से शोधार्थी और गाइड प्रथम चरण पूर्ण कर लेंगे।

अब द्वितीय चरण शुरू होगा।

दूसरा चरण प्रविधि (मैथडॉलजी) का चरण है। एक दूसरे पर शोध पूर्ण करने के उपरांत गाइड और शोधार्थी परस्पर साथ काम करने के मध्यमार्ग की खोज करते हैं। प्रियोस्की इसे प्रणय का चरण कहते हैं।

इस चरण का प्रारम्भ गाइड द्वारा शोधार्थी को अनेक उपाधियां देने से होता है। जी हाँ, पीएच.डी. की उपाधि से पूर्व शोधार्थी को अनेक लघु उपाधि प्राप्त होती हैं। पहले-पहल गाइड शोधार्थी को स्मरण कराएँगे कि हे नन्दक, हे संजीवक अर्थात बैल, एक वर्ष पूर्ण हुआ और

तेरी पीएच.डी. एक इंच भी आगे न बढ़ी। सम्भव है शोधार्थी 'एक वर्ष कितना अल्पकालिक होता है' सोचने में एक वर्ष और व्यतीत कर दे।

मित्र स्नेहवश– अबे डॉक्टर, ऐरे डाट्टरा जैसे उद्बोधनों से सम्बोधित करने लगते हैं।

रिश्तेदार– और क्या कर रहे हो आजकल, अभी पूरी नहीं हुई, कहीं ट्राई किया, ठलुआ लगत हैं, मौड़ी नही मिल रही—कहकर शोधार्थी का अभिनन्दन करेंगे।

विवाह पंडालों में पानी के काउंटर के पीछे, और सार्वजनिक समारोहों में मंच के नीचे शोधार्थी छिपने का प्रयत्न करता है, परन्तु मित्र-रिश्तेदार उसे खोज-खोजकर उसका माल्यार्पण करते रहते हैं। हालाँकि ये सामाजिक हमले उन हमलों से कमज़ोर होते हैं जो बैंक-क्लर्क, यूपीएससी-पीएससी की परीक्षा देने वाले पूर्णतः बेरोजगार लोगों पर होते हैं। पीएच.डी. बेरोज़गारी की ढाल है। जिन्हें यूडीसी-एलडीसी बनना नसीब नहीं होता, उन्हें आरडीसी शरण देती है।

द्वितीय चरण में गाइड का प्रतिरोधी तंत्र शोधार्थी जैसे विषाणुओं को धीरे-धीरे स्वीकार करने लगता है। यद्यपि विकर्षण का भाव बना रहता है। अभी भी चुम्बक के दो समान ध्रुवों की तरह वे एक दूसरे को धकेल रहे हैं। फिर एक दिन गाइड महोदय गम्भीर हो जाते हैं।

शुरुआत शोधार्थी द्वारा गाइड सर का चश्मा ढूंढकर देने से होती है। गाइड बताते हैं कि जिस रात उनके घर पर होस्टल के छात्रों ने नारेबाजी और पत्थरबाजी की थी, उनकी कोई गलती नहीं थी, वो पूरी रजिस्ट्रार की साजिश थी। शोधार्थी को स्मरण हो आता है कि छात्रों के उस झुंड में वह भी था। वह इस तथ्य को अपने भीतर जज़्ब कर लेता है।

फिर एक दिन शोधार्थी गम्भीर हो जाता है। वो बताता है कि जो उस दिन पुलिस ने हॉस्टल के छात्रों पर लट्ठ भाजन किया था, उसमें उसकी कोई गलती नहीं थी, वो पूरी शत्रु छात्र संगठन की साजिश थी। गाइड को स्मरण हो आता है कि श्री थानेदार जी से लट्ठ भाजन का आग्रह

उन्होंने ही किया था। वे इस तथ्य को अपने भीतर जज़्ब कर लेते है। इस जज़्बा-जज़्बी में जज़्बात उभरते हैं।

शनैःशनैः गाइड और शोधार्थी एक दूसरे से परिचित होने लगते हैं। यूँ ही किसी रोज़ गाइड शोधार्थी को कुछ महत्वपूर्ण कागज़ देने के लिए बुलाते हैं। वह श्रीमती गाइड और श्रीमान गाइड के दवाइयों के पर्चे हैं। आज शोधार्थी को पता चलता है कि गुरुजी के एक वृक्क ने उसकी पीएचडी और गुरुजी के मूत्र, दोनों का रास्ता रोक लिया है। साथ ही गुरु माँ की वाणी की मिठास उनके रक्त में उतर चुकी है। रिफरेंस के लिए पुस्तक तलाश करने के बजाए, शोधार्थी गुरुजी के लिए दवाई तलाशना शुरू कर देता है।

इधर गाइड सर को भी पता चलता है कि बचपन की गलत संगत के कारण शोधार्थी का यकृत वसायुक्त हो गया है। वे उसे पीलिया झाड़ने वाले करीमुल्ला का पता देते हैं। पीएचडी आगे बढ़ती है।

शोधार्थी को यह भी जानकारी होती है कि गाइड और गाइड माँ अपनी इकलौती लड़की के लिए वर की तलाश कर रहे हैं। जिसके लिए वे शोधार्थी को पूर्णतःअनुपयुक्त मानते हैं। अतः अब गुरु कन्या भी गुरु बहन बन जाती है। एक दिन पीएच.डी. से जुड़ी एक गम्भीर चर्चा के दौरान यह तथ्य निकलकर आता है कि गाइड और शोधार्थी दोनों सगोत्री हैं। गुरुकन्या को बहन बनाने के बाद भी जो थर्टी एमएल उम्मीद शेष थी, शोधार्थी को वह भी समाप्त करनी पड़ती है। अब वह गुरुजी के लिए दवाइयों के साथ-साथ, दामाद भी खोजना शुरू कर देता है। फिर पीएचडी का वह महत्वपूर्ण दिन आता है जिस दिन हर शोधार्थी की परीक्षा होती है।

उस दिन गुरुजी शोधार्थी का परिश्रम, समर्पण देखकर अभिभूत हो जाते हैं। वह दिन है—गुरु बहन के विवाह का।

जनवासे से लेकर द्वाराचार तक, और बैंड-बरातियों से लेकर घर-घरातियों तक, शोधार्थी का प्रबंध-कौशल गुरुजी को मंत्रमुग्ध कर जाता है।

तीसरा चरण शुरू होता है।

तीसरे चरण को प्रियोस्की परिणय कहते हैं। गुरुजी के हृदय में शोधार्थी के लिए प्रेम के अंकुर फूट पड़ते हैं। प्रेम के इन पौष्टिक अंकुरों के सेवन से पीएच.डी. में पुनः नई जान आती है। गुरुजी को समझ आने लगता है कि इस युवा ने बेरोज़गारी, भुखमरी, ढलते यौवन, झड़ते केश के वशीभूत हो पीएच.डी. का कदम उठाया है, अन्यथा यह प्रतिभाशाली छात्र पीएच.डी. नहीं, पॉकेटमारी करने के लिए बना था। वो भारत की शिक्षा पद्धति को कोसते हैं। शिक्षा प्रणाली ने उसे रिसर्च स्कॉलर बना दिया, अन्यथा वह आवारगी के नवीन प्रतिमान स्थापित करता।

शोधार्थी को भी लगता है कि गाइड सर उतने बुरे हैं नहीं। बस वक़्त, हालात, तेरह बार कुलपति बनने की, आठ बार रजिस्ट्रार बनने की और पांच बार परीक्षा नियंत्रक बनने की असफल कोशिश ने गुरुजी को इतना कठोर बना दिया है। वरना उनका कोई दोष नहीं है।

रिसर्च की धूप में चलकर, और मैथडॉलजी के खरंजों पर उछलकर पीएचडी अब रिसर्च मैथडॉलजी के राजमार्ग पर आती है। गुरु जी शोधार्थी से कहते हैं कि पातीराम जी के यहाँ जाना है तुम्हें। कल क्वेश्चनेयर बना लाना। शोधार्थी गुरुजी को किंकर्तव्यविमूढ़ सा देखता रहता है। अरे प्रश्नावली, प्रश्नावली! अब शोधार्थी का पूरा चेहरा ही प्रश्नवाचक चिन्ह हो जाता है। वह अपनी आँखों से- मैं मूरख खल कामी, कृपा करो भर्ता कहता है। ठीक है मैं बना दूगा, कल ले जाना- गुरुजी प्यार से रूठकर कहते हैं। तीसरा चरण आते-आते शोधार्थी गाइड का मानस पुत्र बन जाता है।

एक दिन गुरुजी अपने मानस पुत्र के जन्मदिन पर उसको एक अमूल्य उपहार देते हैं– देख, इसमें तेरा पेपर छपा है! शोधार्थी गुरुजी के आगे नतमस्तक हो जाता है। फिर थोड़ा लजाकर जर्नल में अपना पेपर देखता है और गुरु जी से पूछता है– क्या लिखा है जामें? अरे क्या करेगा जानकर, जा, गाड़ी सर्विस पर डाल आ– गुरुजी निर्देश देते हैं। और फिर यूँ ही एक दिन शोधार्थी की पीएच.डी. का वह निर्णायक दिन आ जाता है।

अब गुरुजी को शोधार्थी की अक्षमता को लेकर कोई संदेह नहीं रहा है। एक वक़्त के बाद पीएच.डी. में वो मुकाम आ जाता है, जहाँ पीएच. डी. शोधार्थी की नहीं, गाइड की प्रतिष्ठा का प्रश्न बन जाती है। शोधार्थी को तो अपनी प्रतिष्ठा की चिंता शुरू से ही नहीं थी, पर अब गुरुजी की साख दांव पर है। वे विचार कर निश्चय करते हैं और शोधार्थी को बुलाते हैं– मैं चैनू को बोल आया हूँ। अलग निकालकर रख दी हैं। चुपचाप झोले में रखकर ले जाना, और फोटोकॉपी करा कर उसे वापस कर देना। और सुनो हजार-पांच सौ कुछ भी दे देना उसे।

शोधार्थी के नेत्रों से कृतज्ञता के आँसू बह निकलते हैं। वह गुरुजी के पाद-पंकजों पर अपना शीश धर देता है। चौड़ा सीना, उन्नत ललाट लिए, वह किसी विश्वविजेता की तरह विश्विद्यालय के अभिलेखागार में प्रवेश करता है। पहुँचकर चैनू को गले लगाता है और अपनी जेब से एक दस का फटा नोट निकालता है। चैनू फटे नोट के टुकड़े को अपने पास रखे बाकी टुकड़े से मिलाता है, मुस्कुराता है, और पूछता है– झोला लाए हो? शोधार्थी किसी सब्जी मंडी में खड़े ग्राहक की तरह झोला आगे कर देता है। चैनू झोले में अभिलेखागार से निकाले गए आलू, भिंडी, घिया धर देता है। छात्र आलू, भिंडी, घिया की सफलतापूर्वक फोटोकॉपी करा कर, चैनू को वापस दे आता है। तीसरा चरण पूर्ण होता है।

पीएच.डी. का आखिरी चरण, चरण है।

इस चरण में गाइड शोधार्थी के चरण में, और शोधार्थी गाइड के चरण में होते हैं। प्रियोस्की इसे स्वतंत्र चरण के रूप में मान्यता नहीं देते हैं। उनका का मत है कि इस चरण के अंत में होने वाले क्रियाकलाप किसी सामान्य परिणय जैसे ही हैं, अतः इसे पृथक चरण नहीं माना जा सकता।

गाइड शोधार्थी का वायवा कराते हुए भावुक हो जाते हैं। उन्हें लगता है जैसे वे अपने बेटे की उंगली पकड़कर नर्सरी में दाखिला कराने आये हों। गाइड और शोधार्थी, दोनों को एक-दुसरे को विदा करना है, पर दिल नहीं मानता। दोनों एक-दूसरे से छुटकारा पाना चाहते हैं, पर एक-दूसरे के बिना जी भी तो नहीं सकते। ये बंधन तो प्यार का बंधन है, जन्मों का संगम है। पूरे छत्तीस गुण मिले थे गाइड और शोधार्थी के। इस गांठ को कैसे तोड़ दें? पर होनी को कौन टाल सकता है, और अनहोनी को भी?

शिक्षा व्यवस्था के साथ जो अनहोनी होनी थी, वो हो जाती है। शोधार्थी को पीएच.डी. अवार्ड हो जाती है। अख़बार के चौथे पन्ने के आधे कॉलम में शोधार्थी इस आशय की घोषणा करता है। प्रियोस्की का मत है कि यदि ज़माना किसी शोधार्थी की बेरोजगारी को लेकर इतने सवाल न पूछे तो वह अपनी पीएच.डी. की घोषणा कभी अखबार में न करे। मित्रों-रिश्तेदारों की कृपा से शोधार्थी के लिए, उसकी पीएच.डी. राष्ट्रीय समस्या बन जाती है, और अख़बार में छपवाकर वह सूचित करता है कि अबे गाँव वालों, तुम्हारी राष्ट्रीय समस्या का निदान हो गया है।

अब शोधार्थी के जीवन में एक खालीपन है। अद्भुत स्लोमोशन में चली उसकी पीएच.डी. भी तूफ़ान एक्सप्रेस की तरह आखिर अपनी मंजिल तक पहुँच ही गई। गाइड के जीवन में तो शोधार्थी रूपी और प्रेमिकाएँ आती रहेंगी, पर शोधार्थी के जीवन में दूसरा गाइड नहीं आएगा। तमाम शिकवे-शिकायतों, हास परिहास का एक झटके में

अंत हो गया। कभी बाप-बेटा, कभी गुरु-शिष्य, कभी भाई-भाई, कभी भाई-बहन, कभी प्रेमी-प्रेमिका, तो कभी पति-पत्नी। गाइड-स्कॉलर के रिश्ते में कितने रिश्ते छुपे होते हैं। क्या उन सभी का अचानक अंत किया जा सकता है?

...

दो वर्ष हो गए पीएच.डी. किए हुए। गुरुजी की कृपा से शोधार्थी एक महाविद्यालय में मानदेय व्याख्याता है। मानदेय व्याख्याता वह पद है जिसमें न कोई मान है, न देय। त्रियोदशी से लौटकर वह शून्य में देखते हुए अपनी पत्नी से कहता है– मेरे मन में विचार आया है कि मैं भी गुरुजी का प्रतिवर्ष श्राद्ध करूँगा। पत्नी कुकर लाकर उसके समक्ष रख देती है और कहती है- लो, घुइयाँ छीलो! वह कुशलतापूर्वक घुइयाँ छील देता है।

अतः पीएच.डी. का प्राप्य स्टॉकहोम सिंड्रोम है

आपका व्यंग्य